»Lass ruhn den Stein«

Das Pseudonym *Kim Schreyber* steht für ein Kooperationsprojekt des Schreib-Lese-Zentrums der Westfälischen Wilhelms-Universität Münster. Hinter dem Namen verbirgt sich ein Kollektiv aus insgesamt fast vierzig münsterischen Studierenden der Germanistik und Schüler/innen des Freiherr-vom-Stein-Gymnasiums, die als ***K****rimi-****i***n-****M***ünster-Schreiber unter Anleitung einer Gastautorin das vorliegende Buch von der Recherche, über Plot-Entwicklung und Schreiben bis hin zum Lektorat gemeinsam auf den Weg gebracht haben. Die Veröffentlichung des Romans bringt so eine fast einjährige, enge Projekt-Zusammenarbeit von Schule und Universität zu einem erfolgreichen und spannenden Abschluss. Weitere Informationen zum Projekt unter http://www.kim-schreyber.de
Eine Liste der Verfasserinnen und Verfasser findet sich am Ende des Buches.

Kim Schreyber

»Lass ruhn den Stein«

Ein Münster-Krimi

Aschendorff Verlag

Umschlaggestaltung:
Volker Schürmann

Printed in Germany

ISBN 978-3-402-13037-7

1. Kapitel

Der Stein liegt gut in seiner Hand. Kalt, kantig und schwer. Die schärfste Kante prüft er zwischen seinen Fingern. Er holt aus, spürt jeden einzelnen Muskel in seinem Arm. Alles ist angespannt, so sehr, dass er einen leichten Schmerz verspürt. Ein angenehmer, wohltuender und berauschender Schmerz. Mit voller Wucht schlägt er zu. Wie in Zeitlupe sieht er, wie das Blut hervorquillt und ihr platinblondes Haar überdeckt.

Das hat sie nun davon. Dieses Verhalten konnte er einfach nicht tolerieren.

***

Freitag / Prinzipalmarkt / 19:50

Ihre affektierte Stimme hallt noch immer in seinen Ohren:

„Was soll ich damit? Glaubst du wirklich, ich bezahle Geld für so einen Schrott? Das interessiert doch sowieso niemanden! Und warum sollte ich so jemanden wie dich unterstützen? Wie wäre es denn mal mit einer richtigen Arbeit? Ihr seid doch alle gleich. Nichts im Kopf, aber uns das Geld aus der Tasche ziehen!“

„Das ist …“

„Sprich mich nie wieder an und frag mich, ob ich dein komisches Heftchen kaufen will!“

Ungläubig bleibt er stehen und dreht sich um. Hat diese aufgedonnerte Tussi das gerade wirklich gesagt? Was bildet die sich eigentlich ein?

Mit ihrem über den Arm gehängten Handtäschchen läuft sie an ihm vorbei, ihre Stöckelschuhe klappern auf dem Kopfsteinpflaster. Ihm steigt der Geruch ihres aufdringlichen Parfüms in die Nase. Da steht der *Draußen*-Verkäufer, den sie gerade auf übelste Art und Weise beschimpft hat. Ziemlich verloren, so mitten auf dem Prinzipalmarkt, mit einer dünnen, zerschlissenen Jacke, einer dreckigen Jeans und abgetragenen, grauen Fingerhandschuhen. Alle anderen Passanten haben ihre Jacken bis obenhin zugeknöpft, tragen Schals und Mützen, um sich gegen die durchdringende Kälte zu schützen. Offenbar hat keiner bemerkt, was hier gerade passiert ist. Oder tun alle einfach nur so, als hätten sie es nicht gehört? Es ist kurz vor acht. Die Geschäfte schließen in wenigen Minuten. Die letzte Chance für den Obdachlosen, heute noch ein paar Zeitungen zu verkaufen. Mitgenommen sieht er aus. Seine Augen sprechen eine klare Sprache. Der Schmerz über die Demütigung ist deutlich zu sehen.

Niemand verdient es, so behandelt zu werden! Was maßt diese Frau sich eigentlich an? Sie glaubt wohl, sie könnte sich alles erlauben! Wut kocht in ihm hoch. Ihm ist plötzlich unerträglich heiß, und er muss seinen Schal trotz der frostigen Abendluft lockern. Wieso meint sie, dass gerade *sie* sich so etwas herausnehmen könnte? Sein Blick hängt noch immer an dem Obdachlosen, während die Gedanken in seinem Kopf Karussell fahren. Die traurigen Augen machen ihn fertig, besonders nach diesem Tag, den er am liebsten aus dem Kalender und aus seinem Gedächtnis streichen würde. Für immer!

Wütend geht er weiter, rennt fast. Am Ende der Straße sieht er sie. Er beginnt hinter ihr herzulaufen, vorbei an der Lambertikirche, deren Turm wie ein mahnender Zeigefinger in den kalten, grauen Himmel ragt. Es gefällt ihm, in der Dunkelheit umherzulaufen. Alles, was am Tag noch klar zu erkennen ist, wird jetzt von einem dunklen Schleier umhüllt. In den schlecht ausgeleuchteten Seitenstraßen sind Gesichter und Details nur noch als Umrisse und Silhouetten zu erkennen.

Die Frau scheint es eilig zu haben. Ein Wunder, dass sie nicht mit einem Absatz im Kopfsteinpflaster hängen bleibt. Sie stöckelt in der Mitte des Bürgersteigs entlang, als sei er ein Laufsteg. Ihr Laufsteg.

Unter den Bögen des Prinzipalmarktes läuft sie weiter, überquert dann die Straße beim Eiscafé. Im Sommer ist hier die Hölle los. Erwachsene, Kinder, Studenten. Alle kommen sie her, um Eis zu essen und Banalitäten auszutauschen. Tiefgründige Gespräche gibt es selten. Deswegen wundert es ihn nicht, dass kaum einer heutzutage noch eine wahre Meisterleistung, einen Geniestreich erkennt, selbst wenn er sich direkt vor seinen Augen vollzieht. Die Menschheit verdummt! Das ist ihm schon lange klar.

Die Frau wird schneller, auch er beschleunigt seine Schritte. Der Schatten gibt ihm Schutz, und er versucht Abstand zu halten, sodass er im spärlichen Licht der Straßenlaternen nicht zu erkennen ist. Anscheinend hat sie ihn nicht bemerkt, denn sie beginnt wieder in normalem Tempo zu gehen. Sie schüttelt leicht den Kopf, wahrscheinlich denkt sie, sie hätte sich nur eingebildet, dass ihr jemand folgt. Dennoch dreht sie sich kurz um. Schnell drückt er sich hinter einen Pfeiler und hofft inständig, dass sie an Einbildung glaubt oder zu viel Angst hat, um ein paar Schritte zurückzugehen. Und tatsächlich scheint er doch noch etwas Glück an diesem Tag zu haben, denn sie läuft weiter.

Er unterdrückt einen Seufzer der Erleichterung, um sich nicht noch im letzten Moment zu verraten. In diesem Augenblick tritt die Frau auf den freien Platz vor dem Kiepenkerl. Der Platz ist leer, nur der eiserne Mann steht mit der berühmten Kiepe auf dem Rücken auf seinem Sockel und raucht Pfeife. Seit jeher übt die Figur eine unerklärliche Faszination auf ihn aus. Als fahrender Händler nirgendwo zu Hause, von niemandem je wirklich für seine Leistung gewürdigt. Und dennoch umspielt ein leichtes Lächeln den Mund der Statue, als würde sie in sich hineinlachen.

So unauffällig wie möglich folgt er der Frau weiter, zieht im Laufen die Kapuze seiner Jacke ins Gesicht. Jetzt darf bloß nichts schiefgehen! Er drückt sich dicht an den Wänden entlang. Aber als hätte sie seine Gedanken gelesen, verlangsamt sie ihre Schritte. Hastig wechselt er die Straßenseite. Sie kümmert sich allerdings nicht um ihn, sondern ist vor dem Schaufenster eines Ateliers stehen geblieben. Er lehnt sich mit dem Rücken an das Geländer der Brücke, die an dieser Stelle über die Aa führt, um sie weiterhin im Blick behalten zu können. Während sie die Figuren im Schaufenster betrachtet, fährt sie mit ihrer Hand langsam unter ihren Schal. Sie scheint irgendetwas an ihrem Hals zu umfassen. Ein Lächeln huscht über ihr Gesicht. Dann greift sie in ihr kleines, lächerliches Handtäschchen und holt eine Packung Zigaretten und ein Feuerzeug heraus. Sie zündet sich eine an, verstaut alles wieder und läuft weiter. Ohne nachzudenken, setzt er sich ebenfalls wieder in Bewegung, überschreitet die Straße schnell, um sie nicht aus dem Blickfeld zu verlieren. Zu spät bemerkt er, wie auffällig er sich dadurch macht. Und in der Tat, wie sollte es auch anders sein an diesem verfluchten Tag, wendet sie sich mit einer schnellen Drehung um und blickt ihn herablassend an, die glühende Zigarette zwischen den Fingern.

„Hast du ein Problem?"

Er starrt wie gebannt auf das Ende der Zigarette, deren Glut in der Dunkelheit leuchtet und sich in das weiße Papier hineinfrisst. Der Geruch von Menthol steigt ihm in die Nase. Diese Frau legt wohl wirklich Wert auf ihre Erscheinung und den Eindruck, den sie auf andere macht. Nicht einmal normale Zigaretten raucht sie, sondern lieber Menthol-Tabak, damit sie nicht so stinkt. Darum wahrscheinlich auch das starke Parfüm, das ihm vorhin schon aufgefallen ist.

„Ähm … also, ich wollte …"

„Ich hab für heute genug von solchen dämlichen Leuten wie dir und diesem Typen auf dem Prinzipalmarkt! Ich – kaufe – nichts! Capisce?"

„Also … eigentlich …", stottert er, doch er bekommt kein Wort heraus, wenn sie ihn so anstarrt, als sei er der letzte Dreck.

„Kannst du nicht mal richtig sprechen oder was?" Sie fährt sich mit ihren perfekt manikürten, viel zu langen Krallennägeln durch die Haare, rückt ihren Pelzschal zurecht, dreht sich auf dem Absatz um und stöckelt weiter.

Aus Wut wird Hass. Dieser Tag kann nicht mehr schlimmer werden. Er versucht gar nicht mehr, sich möglichst leise zu bewegen, es macht sowieso keinen Sinn mehr. Sie kommen um die Kurve.

Inzwischen scheint sie doch etwas nervös zu werden, sie wird immer schneller. Jetzt rennt sie fast, doch mit einigen raschen Schritten kommt er ihr wieder näher. Er fühlt ihre Panik fast körperlich.

Beinahe stolpert er über einen losen Pflasterstein. Ein Zeichen? Für ihn gibt es in diesem Moment keinen Zweifel.

Er bleibt stehen, bückt sich und hebt den Stein auf.

Er fühlt sich gut an. Kalt, kantig und schwer.

2. Kapitel

Samstag / Alter Steinweg / 10:00

Oh nein, war er schon wieder einfach im Hausflur eingeschlafen, oder warum war der Boden so verdammt hart?

Diese Frage stellte sich Cornelius von Dives heute nicht zum ersten Mal. Anders allerdings war heute, dass er beim Öffnen der Augen nicht wie sonst dem strengen Blick seiner Vermieterin begegnete. Die Alte aus dem Erdgeschoss baute sich dann immer vor ihm auf und begutachtete ihn von oben bis unten. Im altrosa Bademantel und mit Lockenwicklern in den Haaren, was ihrem ohnehin schon rundlichen Gesicht nicht gerade schmeichelte.

Er schwor sich nach so einer Aktion jedes Mal, nie wieder auch nur einen Tropfen Alkohol anzurühren, aber nun gut. Wie das mit diesen selbst auferlegten Vorsätzen eben ist – man vergisst sie schnell. Naja, wie auch immer. Jedenfalls lag er wieder einmal nach einer durchzechten Nacht auf dem harten Boden im Hausflur. Weit und breit keine Frau Krämer, also wohl doch nicht der Hausflur. Aber wo war er dann?

Mit der Zunge benetzte er seine spröden Lippen. Ein stechender Schmerz oberhalb der Augenbrauen machte sich bemerkbar, als er versuchte, sich aufzurichten. Dann eben nicht. Er starrte an eine graue, trostlose Decke. Wenn er betrunken war, wurde er immer sentimental, dann konnte ihm auch der fröhlichste Mensch unendlich leidtun. Aber dass auch Gebäudeteile diese Wirkung auf ihn hatten, war ihm neu. Er schloss die Augen und musste unwillkürlich schmunzeln. Was war er doch für ein Weichei. Ein bisschen Fusel, und aus dem großen starken Cornelius wurde ein Mädchen. Aber solche Gedanken würden natürlich niemals über seine Lippen kommen. Genauso wenig wie die Tatsache, dass er stundenlang vor dem Spiegel geübt hatte, bis er es schaffte, eine Augenbraue so hochzuziehen, dass es einfach nur lässig aussah. Das jedenfalls war seine Meinung, und bei den Mädels kam es gut an. Musste die ja nicht kümmern, dass seine Coolness nicht angeboren, sondern hart erarbeitet war. Sein bester Kumpel sagte immer, in ihm vereine sich der Macho mit dem Kavalier, und seine Mitbewohnerin Emma schätzte seine starke Schulter. Tja, seine Traumtyp-Qualitäten waren durchaus nicht zu leugnen. Er grinste in sich hinein. Wer hat sich nicht schon mal selbst auf den Arm genommen?

Er riskierte einen zweiten Blick. Damit der nicht wieder an der deprimierenden Decke landete, drehte er dieses Mal den Kopf nach links – und sah sich mit nüchternen, weißen Fliesen konfrontiert. Volltreffer! Fliesen waren als Hinweis auf eine spezifische Raumart besonders hilfreich. Trotzdem war von Küche bis Schwimmbad noch alles im Rennen. Also dann.

Er registrierte eine Tür. Es gab somit einen Ausgang. Beruhigend. Groß und gusseisern machte sie einen so verschlossenen Eindruck, als wollte sie ihn doch nicht so einfach freigeben. Auf Augenhöhe war ein kleines Fenster eingelassen.

Also Knast? Oder Big Brother?

Versuchen wir es mal mit den Fakten, dachte er. Das Problem: Es gab keine. Wie, warum, was …? Er hatte keinen blassen Schimmer. Nur nicht panisch werden. Es gibt für alles eine Erklärung. Taschenkontrolle. Ein zerknautschter Kassenzettel von letztem Monat, ein bisschen Kleingeld, sein Schlüsselbund, Portemonnaie … Nicht sonderlich aufschlussreich. Irgendetwas fehlte. Sein Handy! Er hatte es gestern Abend eingesteckt. Das war alles, an das er sich erinnerte. Und so war die Suche nach seiner Erinnerung so schnell beendet, wie sie begonnen hatte.

Plötzlich rumorte es hinter der mächtigen Tür. Ein Schlüssel wurde ins Schloss gesteckt und das Monstrum mit leichtem Druck ins Innere des Raumes aufgestoßen. Cornelius wollte wem auch immer nicht gerade im Liegen begegnen, quasi hilflos ausgeliefert. Und so setzte er sich unter Aufgebot all seiner Kräfte mühsam auf. Ob die gekrümmte Sitzhaltung nun vornehmer aussah, darüber ließ sich sicher streiten, aber sie fühlte sich besser an.

„Guten Morgen", sagte ein groß gewachsener Mann in Uniform. Oh nein, ein Bulle. Also tatsächlich Knast!?

Der Tonfall ließ nichts Gutes erahnen, und auch die Miene des Beamten war finster. Tiefe Augenringe zeugten von zu viel Schichtarbeit. Dominante Nase, kleiner Oberlippenbart, schütteres Haar. Er hätte fast ein bisschen kläglich wirken können, wäre er nicht so riesig gewesen. Und diese wachen Augen! Augen, die so durchdringend waren, als könnten sie in ihrem Gegenüber wie in einem Buch lesen. Aber Cornelius wollte nicht dieses Buch sein und sagte erst mal gar nichts. Schließlich wusste er ja nicht einmal, weswegen er hier war. Und wenn er etwas in seinem Elternhaus gelernt hatte, dann: „Reiß dein Maul nie zu weit auf, wenn der andere am längeren Hebel sitzt." So würde das sein Vater in seinem Gelehrtendeutsch zwar nicht formulieren, aber was soll's. Aussage bleibt Aussage. Ob schnörkelig oder direkt.

„Heute nicht so gesprächig, was?!“

Als Cornelius noch immer keine Anstalten machte, sich irgendwie zu äußern, steuerte der Beamte zügigen Schrittes auf ihn zu.

„Mitkommen!“

„Wohin?“

„Ah, der feine Herr kann ja doch reden. Ich dachte schon, Sie hätten es über Nacht verlernt. Trifft sich gut …“ Er beugte sich nach vorn und kam Cornelius so nah, dass der den leichten Geruch nach Schweiß und Aftershave wahrnehmen konnte. „Wir hätten nämlich gern ein paar Antworten.“ Der Polizist wandte sich brüsk ab und stapfte in Richtung Tür. Sitzen bleiben oder folgen, fragte Cornelius sich. Der Typ schien seine einzige Möglichkeit zu sein, an Informationen zu kommen. Also stieß er sich von der Pritsche ab und schlurfte dem Uniformierten hinterher.

Mann in Blau und blauer Mann. Mensch, war er wieder witzig.

Sie liefen einen erdrückend engen, spärlich beleuchteten Gang entlang. Vor einer braunen Holztür machte der Kerl halt. Sie betraten einen kargen Raum mit bräunlichen Wänden, in dem ein kleiner viereckiger Tisch mit zwei Stühlen stand. Außer einer vergilbten Neonröhre, die über der Tür angebracht war, beleuchtete eine Stehlampe das trostlose Etablissement. Nicht mal ein Fenster gab es.

Gleich nachdem sie sich gesetzt hatten, ergriff der Polizist das Wort. „Sie wissen ja, warum Sie hier sind.“ Er lehnte sich zurück, verschränkte die Arme und blickte Cornelius erwartungsvoll an.

Aus dessen Sicht war das eine ziemlich gewagte These, schließlich erinnerte er sich an rein gar nichts. „Nein“, war deshalb seine Antwort. Knapp und ehrlich.

Unruhig rutschte er auf seinem Stuhl herum. Mit leicht zitternden Händen griff er nach dem Glas Wasser, das vor ihm stand, und leerte es in einem Zug. Sein Gegenüber wurde ungeduldig.

„Nein?! Gut, dann will ich Ihnen mal auf die Sprünge helfen! Sie kamen gestern Abend gegen 20:15 Uhr stark alkoholisiert von der Promenade auf unseren Streifenwagen zugestolpert. Nach einer völlig wirren Beschreibung einer angeblichen Entführung wurden Sie plötzlich ziemlich laut. Sie haben mich und meinen Kollegen derart beschimpft, dass man es unter dem Stichwort Beleidigung zusammenfassen kann. Worte, die ich hier jetzt nicht wiederholen möchte …"

Der Mann redete sich offenbar in Rage, und Cornelius hörte ihm schon längst nicht mehr zu. Stattdessen bemühte er sich, die Geschehnisse der Nacht zu rekonstruieren. Was genau war eigentlich passiert?

Plötzlich riss ihn ein Knall aus seinen Überlegungen. Der Bulle hatte wohl die Schnauze voll und mit beiden Händen auf den Tisch geschlagen. Blitzartig tauchten Bildfetzen vor Cornelius' geistigem Auge auf. Angestrengt, den Kopf auf die geballten Hände gestützt, versuchte er, die Konturen seiner Erinnerung zu schärfen. „Da war dieser Mann, mit der Frau im Arm", bemühte er sich, das Gesehene in Worte zu fassen. „Sie war …"

„Junger Mann – Sie wollen doch nicht etwa behaupten, dass Sie das alles wirklich gesehen haben? Das entspringt doch nur Ihrer Alkohol-Fantasie. Lassen Sie die Kirche mal im Dorf!" Dabei wedelte der Beamte mit seiner rechten Hand vor Cornelius' Gesicht herum.

„Nein! Hören Sie mir zu!", entfuhr es Cornelius lauter als beabsichtigt. Trotz seiner Kopfschmerzen musste er versuchen, den Polizisten vom Wahrheitsgehalt seiner Worte zu überzeugen. „Glauben Sie mir! Ich habe beobachtet, wie ein Mann auf der Promenade eine Frau entführt hat!"

„Und Sie sind sich ganz sicher? Was gibt Ihnen denn Anlass zu dieser tollkühnen Vermutung? Schließlich muss es sich ja nicht gleich bei jedem Pärchen, das nachts allein auf der Promenade schlendert, um eine Entführung handeln. Sie wissen, was ich meine."

Diese Art von Humor schlug Cornelius im Moment noch heftiger auf den Magen als die vergangene Nacht. Wollte oder konnte der ihn nicht verstehen?

„Ich weiß doch, was ich gesehen habe! Sie konnte nicht mehr richtig laufen. Ihre Füße schleiften über den Boden."

„Da war die Gute wohl in einer ähnlichen Lage wie Sie gestern Abend! Aber das ist noch lange kein Grund …"

Mittlerweile konnte Cornelius sich gut vorstellen, warum er hier gelandet war. Er hasste es, nicht ernst genommen zu werden. Es konnte durchaus sein, dass er – zumal im Alkoholrausch – ein bisschen die Kontrolle verloren hatte. Aber die verlor er doch nicht ohne Grund!

Die Augen fest zusammengepresst, versuchte er seinem Kopf mehr Details zu entlocken. Sein Gegenüber hingegen hielt das Gespräch anscheinend für beendet, stieß sich mit den Händen vom Tisch ab und war im Begriff aufzustehen.

„Blut! Mensch, jetzt weiß ich es wieder: Die Frau hat geblutet! Sie hatte eine Kopfverletzung, die ziemlich stark geblutet hat!" Erleichtert und in der festen Überzeugung, jetzt müsse man ihn ja ernst nehmen, atmete Cornelius aus. Erwartungsvoll blickte er den Beamten an.

Der schnaubte verächtlich: „Ich glaube Ihnen immer noch kein Wort. Aber bei dem Theater, das Sie hier veranstalten, muss ich wohl die Kollegen rausschicken. Ich würde mir an Ihrer Stelle allerdings nicht viel Hoffnung machen, dass die da irgendwas finden, das Ihre wilde Geschichte stützt. Ziemlich starker Platzregen heute Nacht. Haben Sie ja nicht mitbekommen können. Ich schlage vor, wir kümmern uns darum, und Sie gehen jetzt nach Hause und schlafen ihren Rausch aus. Danach wird die Welt doch gleich ganz anders aussehen."

Mit diesen Worten stand der Polizist auf und verließ mit langen Schritten den Raum. Cornelius blieb nichts anderes übrig, als ihm hinterherzuhechten; was man so hechten nennt, eigentlich war es eher eine Mischung aus Hinken und Schwanken.

„Na super. Die Polizei – dein Freund und Helfer", murmelte Cornelius vor sich hin.

3. Kapitel

Salzstraße / 10:30

Eigentlich ein perfekter Vormittag, dachte Frida, als sie sich in der Salzstraße zwischen den mit Taschen und Tüten bepackten Menschen durchschlängelte. Sie mochte Samstage in Münster, die Anonymität der vollen Kaufhäuser. Es gefiel ihr, in Einkaufsstraßen unterzugehen. Auch der Domplatz war wie gewohnt überfüllt gewesen, und Frida hatte sich zum Gemüsestand regelrecht vorkämpfen müssen. Wunderbar, die verschiedenen Gerüche des Marktes aufzufangen, die von Käse-, Blumen- und Gewürzständen herwehten.

Die Luft war kalt und herbstlich. Die Fassade des Erbdrostenhofs hob sich scharf vom hellblauen Oktoberhimmel ab. Frida wechselte ihre schweren Einkaufstaschen von der rechten in die linke Hand. Der Wind trug die schrille Stimme einer Stadtführerin zu ihr herüber, die ihrer Reisegruppe mit einem roten Regenschirm zuwinkte.

Frida lächelte gut gelaunt einem *Draußen*-Verkäufer zu. Er stand vorm Supermarkt am Alten Steinweg und wedelte mit seiner neuen Ausgabe.

„Und nach deinen Einkäufen holst du bitte noch Peter ab und ihr fahrt vielleicht gemeinsam nach Hause?" Bei dem Gedanken an die bittende Stimme ihrer Mutter verflog Fridas gute Laune plötzlich. Sie starrte auf das Muster des unebenen Kopfsteinpflasters, während sie etwas schneller lief. Das aufdringlich blaue Schild der Polizeistation war schon in Sicht.

Natürlich hatte sie ihrer Mutter letztendlich doch noch versprochen, Peter von der Arbeit abzuholen. „Sei doch nicht immer so ablehnend gegenüber Peter!", hieß es sonst wieder. Meine Güte, wenn es ihre Mutter glücklich stimmte … Aber zu leicht wollte sie es Peter auch wieder nicht machen. Dieser Typ glaubte doch wohl nicht ernsthaft, dass er einfach so von heute auf morgen zur Familie gehörte!

Vor der Polizeiwache am Alten Steinweg diskutierte bereits ein fülliger Beamter in blauer Uniform mit einem Mädchen, das an einem pinkfarbenen Fahrrad lehnte. Vermutlich war sie verbotenerweise die Einbahnstraße in Richtung Stadtbücherei entlanggefahren. Dass man das nicht durfte, wusste Frida erst, seitdem Peter bei ihnen zu Hause ein und aus ging und den Klugscheißer spielte, um Mama zu beeindrucken. Letztens hatte er doch tatsächlich einen Rechtschreibfehler auf ihrem Einkaufszettel korrigiert, den sie auf dem Küchentisch vergessen hatte! Seufzend schob Frida die Glastür der Wache auf.

Als sie nach einer gefühlten Viertelstunde endlich von einem Polizeibeamten bemerkt wurde, hatte sich Fridas gute Laune vollends in Ungeduld gewandelt. Peter abholen – schön und gut, doch ewig hatte sie nicht Zeit! Sie dachte mit Unbehagen an die bald bevorstehende Matheklausur.

„Nächstes Mal wird's wieder die Eins", hatte Herr Heimken gesagt, als er ihr die Zwei plus in die Hand gedrückt hatte. Etwas enttäuscht war sie schon gewesen. Sie hatte einfach Spaß an Mathe. Da konnte sie ihre analytische, logische Seite voll und ganz ausleben. Damit ihre impulsive Seite nicht verkümmerte, hatte sie sich seit Neuestem außerdem im Debattierklub angemeldet, über den sich Peter beim Abendbrot am Mittwoch tatsächlich lustig gemacht hatte.

„Aus dir wird wohl noch eine Politikerin?"

Er fand sich wohl selber komisch dabei.

„Jedenfalls werde ich meinen Tag nicht damit verbringen, Radfahrer anzuhalten, die MP3-Player hören, während sie die Weseler Straße falsch herum entlangfahren", hatte Frida spitz geantwortet und sich ihr Essen mit aufs Zimmer genommen.

„Frida, bitte!", hatte ihre Mutter nur gefaucht. Auf welcher Seite sie stand, war von Anfang an klar gewesen. Irgendwie verletzte das Frida.

„Entschuldigung, ich möchte bitte zu Peter Pollmann."

Der Polizist sah ziemlich müde aus, war aber freundlich. „Dich habe ich schon mal hier gesehen. Du bist Frida, oder?"

Frida beließ es bei einem Nicken. Jetzt bloß keinen Smalltalk mit Peters Kollegen! „Sei am besten nett zu ihm. Peter hatte eine harte Nacht", setzte der Beamte fort.

Der hatte wohl Langeweile. Kein Wunder, wenn man eine 12-Stunden-Schicht in einem so öden Glaskasten verbringen musste.

„Er musste den Dienst tauschen wegen dieser schrecklichen Grippewelle. Mich hat es, glaube ich, auch schon erwischt." Schon pulte er ein Tempo aus seiner Uniformhose und schnäuzte sich lang und ausgiebig die Nase.

„Peter hat sich heute Nacht mal wieder um unsere verkaterten Freunde des Alkoholkonsums kümmern müssen, der Ärmste."

„Die Ausnüchterungszellen? Ich dachte, die gibt es nur in schlechten Krimis."

„Schön wär´s. Manchmal haben wir bessere Belegungszahlen als die Hotels in Münster." Der Polizist lachte und hustete gleichzeitig. „Vielleicht macht Peter ja einen kleinen Rundgang mit dir."

„Oh nein, danke! Ich will ihn nur abholen." Frida setzte sich auf den ungemütlichen Stuhl im Foyer und betrachtete die albernen Plakate an der Wand. *Achtung Taschendiebe. Sicher durch Münster.* Als wäre Münster eine Millionenmetropole. *Nur Armleuchter fahren ohne Licht,* behauptete das braunweiße Poster, das daneben hing. Der Herr im Anzug, der mit einem dreiarmigen Kerzenständer in der Hand durch eine nostalgisch anmutende Landschaft radelte, erinnerte sie stark an Peter. Vielleicht hatte er als Model gedient.

Frida erkannte Peters Stimme, lange bevor er am Ende des Flurs um die Ecke bog. Nein, leise war Peter selten, aber so lautstark und barsch wie jetzt hatte Frida ihn noch nicht oft erlebt.

„Also nochmal: Sie schlafen Ihren Rausch aus, und wir machen unsere Arbeit! Und sollte ich herausfinden, dass Sie sich alles nur ausgedacht haben, wird das Ganze noch ein Nachspiel haben, das verspreche ich Ihnen!“ Sie kamen den Flur entlang in ihre Richtung. Offenbar regte sich Peter über den Typen, der neben ihm ging, ziemlich auf. Der wiederum sah ganz schön mitgenommen aus. Was er wohl angestellt hatte? Bestimmt eine Schlägerei oder so ähnlich. Das würde zumindest seine Schrammen im Gesicht erklären.

Ihr schien es so, als wollte Peter ihn so schnell wie möglich loswerden.

„Sie werden schon sehen, dass an der Geschichte etwas dran ist“, hörte Frida den Typen sagen. Kopfschüttelnd schob er sich an ihr vorbei. Sie nahm einen leichten Biergeruch wahr und trat unwillkürlich einen Schritt nach hinten.

Bevor Peter sie begrüßen konnte, machte sie ihm klar, dass sie nicht in Plauderlaune war.

„Können wir los, Peter?“ Frida hatte wirklich keine Lust, noch länger hier zu warten.

„Ach – hallo Frida. Einen Moment noch. Ich suche nur schnell meine Sachen zusammen." Peter blickte dem jungen Mann kopfschüttelnd hinterher. „Die Nacht in der Gewahrsamszelle scheint ihn nicht zur Vernunft gebracht zu haben. Ein Zeug hat der erzählt! Pöbelt erst in der Stadt herum und meint dann doch tatsächlich, an der Promenade eine Entführung beobachtet zu haben. Studenten!" Er lachte kurz auf. „Wir sind ja schließlich nicht im *Tatort*."

Im *Tatort* waren die Kommissare wenigstens nicht so herablassend, dachte Frida.

„Und natürlich hast du ihm nicht geglaubt", sagte sie gereizt.

„Du hättest das Bürschchen gestern mal erleben müssen! Der war sturzbetrunken!"

Nicht mal in seinem Job schien der neue Freund ihrer Mutter ein anderes Verhalten an den Tag zu legen. Arrogant und herablassend. Zwei Eigenschaften, die sie ganz besonders liebte.

„Hast du uns was Schönes zum Mittagessen besorgt?"

Diese aufgesetzte Freundlichkeit! Wie sie das an ihm hasste! Sie drehte sich auf dem Absatz um, ohne auf seine Frage zu antworten. „Ich warte draußen."

Frida trat an die frische Luft und atmete tief ein. Schon besser. Das Wetter war nicht das schönste, aber immerhin wehte ein leichter Wind durch ihre langen, braunen Haare. Mensch, tat das gut! Sie stellte die Markttüten auf den Stufen vor der Wache ab und ließ sich danebensinken. Während sie ein paar herumkreiselnde, gelbe Blätter beobachtete, kreisten ihre Gedanken um Peter. Ihre Mutter schwebte seinetwegen auf Wolke sieben. Was Frida dachte, schien ihr dabei gleichgültig zu sein. Peter war ihr offenbar wichtiger als die eigene Tochter. Wie hatte er nur so gehässig über den Typen von vorhin reden können? Es könnte doch tatsächlich etwas an der Geschichte dran sein!

‚Nur kurz die Sachen holen …'. Jaja, Peter brauchte anscheinend wieder mal ein bisschen länger. Frida wurde ungeduldig. Sie freute sich schon auf das Mittagessen heute, den frischen Fisch, den sie am Marktstand *Fischhaus Kittner* („Immer ein guter Fang") gekauft hatte.

Sie blickte einem Mädchen nach, das eine Tüte voller Bücher in Richtung Stadtbücherei schleppte. Plötzlich vernahm sie direkt hinter sich einen lauten Seufzer. Erschrocken drehte sie sich zur Eingangstür der Polizeiwache um. Dort stand der Typ von vorhin. Er trug keine Jacke, nur ein T-Shirt. Wieso war er noch da?

„Hallo. Alles okay?"

„Naja, eine Daunenjacke wäre jetzt okay."

Bevor Frida darauf reagieren konnte, fuhr er fort: „Arbeitest du auch in dem Laden hier?" Er zeigte mit dem Daumen hinter sich.

So weit käme es noch! „Auf keinen Fall!", entgegnete Frida schnell.

„Und warum warst du dann auf der Wache?"

„Eigentlich nur, weil ich den neuen tollen Freund von meiner Mutter hier abholen sollte."

Der Typ lachte auf. „Ist das der Lappen, der mir nicht glauben wollte?"

„Ich weiß ja nicht, was du ihm erzählt hast, aber – ja."

Frida musste sich ein Lachen verkneifen. *Lappen* brachte es ziemlich genau auf den Punkt. „Was war denn da eigentlich los?", fragte sie.

Der Typ rieb sich stöhnend die Augen, als verursachten ihm die bloßen Gedanken an Peter und den gestrigen

Abend Kopfschmerzen. Er schien zu überlegen. „Heute Morgen dachte ich, ich hätte voll den Blackout, aber dann fiel mir alles wieder ein."

„*Was* fiel dir wieder ein?", fragte Frida.

„Gestern Nachmittag war mal wieder so eine langweilige Familienfete. War ziemlich öde. Ich musste mir das Ganze also schöntrinken. Irgendwann bin ich dann noch in die Altstadt gefahren. Da trifft man schließlich immer Leute."

Er machte eine kleine Pause. Vermutlich musste er den Abend erst einmal rekonstruieren.

„Und was ist dann passiert?", fragte Frida.

„Es muss so gegen acht gewesen sein. Da war so 'ne Schicki-Micki-Tante. Mit ihren Stöckelschuhen ist sie die Jüdefelderstraße hinuntergerannt. Hinter ihr war jemand, ein komischer Typ. Der hat sie dann auf der Promenade geschnappt und verschleppt! Und als …"

„Wie bitte?! Bist du dir da sicher?" Wie merkwürdig war das denn!

„Ja, Mann. Und dann hab ich die Bullen gesehen und bin natürlich hin."

„Und denen hast du das auch so erklärt?"

„In etwa. Aber egal, was ich denen gesagt habe, die haben mir kein Wort geglaubt! Naja, immerhin will der tolle neue Freund deiner Mutter eine Streife rausschicken, aber das war's dann wohl. Ich glaube nicht, dass die sich großartig bemühen, etwas zu finden." Er verzog resigniert das Gesicht und sah auf einmal sehr müde aus.

„Das würde mich auch nerven", sagte Frida. Aber war an dieser Geschichte wirklich etwas Wahres dran? Oder hatte Peter vielleicht doch Recht damit gehabt, ihm keinen Glauben zu schenken?

„Jetzt mal im Ernst." Frida blickte ihr Gegenüber misstrauisch an. „Die Geschichte klingt allerdings schon ziemlich irre."

Der Typ machte einen Schritt auf sie zu. „Ich war zwar blau wie ein Schlumpf und hab meine Jacke mit allem, was drin war, verloren, aber ich weiß noch genau, was ich gesehen hab!"

Frida musste schmunzeln. Blau wie ein Schlumpf? Was sollte man dazu noch sagen ... Aber der Klang seiner Stimme erschien ihr glaubwürdig.

„Wie kommst du denn jetzt eigentlich nach Hause?", erkundigte sie sich.

„Das ist eine gute Frage. Mein Fahrradschloss wollte ich nicht knacken. Sonst glauben die womöglich noch, ich wollte ein Rad stehlen."

Frida griff in ihre Tasche und holte einen Fünfer heraus.

„Hier – damit du wenigstens nicht zu Fuß gehen musst."

„Cool, nett von dir!", bedankte er sich. „Aber nicht, dass du denkst, ich hätte es nötig."

Frida hatte kein Problem damit, ihm Geld zu geben. Schließlich war es für die Mittagseinkäufe gedacht gewesen, sodass Peter, der sich seit Neuestem ganz großzügig an der Haushaltskasse beteiligte, indirekt die Busfahrt bezahlte. Und das war doch eigentlich ganz amüsant. Sie spürte eine leichte Schadenfreude in sich aufsteigen.

„Aber ich bestehe darauf, dir das Geld zurückzuzahlen!", sagte er.

Das kaufte Frida ihm zwar nicht ab, doch darauf kam es jetzt auch nicht an. Darum zog sie den Kassenbeleg des Fischstandes aus ihrem Portemonnaie, angelte einen Kuli aus ihrer Handtasche und kritzelte ihren Namen und ihre Handynummer auf die Rückseite.

„Wie heißt du denn eigentlich?", fragte sie und drückte ihm den Zettel in die Hand.

„Nenn mich einfach Conny", grinste er.

„Wie die Conny aus den Pixi-Büchern? *Conny geht zur Schule, Conny geht zum Arzt*?" Bei dem Gedanken an ihre Heldin aus der Kindheit musste sie lachen.

„In etwa. Eher *Conny genießt sein Leben und studiert nebenbei* oder so ähnlich." Er warf einen Blick auf den Zettel. „Und du bist wohl der Friedensengel?"

„Wie kommst du denn darauf?"

„Na – Frida stammt etymologisch von Frieden, wusstest du das nicht?"

So ein Angeber! Was etymolo-dingsda hieß, fragte sie gar nicht erst nach.

Conny schob den Zettel in seine linke Hosentasche.

„Na gut … also, bis dann mal."

Frida lächelte. „Alles klar, mach's gut!" Sie sah ihm stirnrunzelnd nach, bis er hinter der Stadtbücherei verschwunden war.

In diesem Moment kam Peter aus dem Gebäude. „Sorry Kleine, dass das so lange gedauert hat."

Kleine! Wie sie das hasste! Aber sie versuchte, ihren Ärger zu verbergen. Nur ein leises „Mhm" kam aus ihrem Mund. Peter sollte ihr die Wut auf keinen Fall ansehen.

Sie gingen zum Auto. Frida hatte es im Parkhaus am Stadttheater geparkt. Sie durchkramte ihre Tasche. Irgendwo musste dieser verdammte Autoschlüssel doch sein. Warum fand sie ihn ausgerechnet jetzt nicht, wo sie doch zügig nach Hause wollte?

„Sag bloß, du …", begann Peter. Doch da hatte sie den Schlüssel zum Glück gefunden, drückte auf den Öffnen-

Knopf und verstaute die Einkäufe schnell im Kofferraum. Peter machte es sich auf dem Beifahrersitz gemütlich, als wollte er unterwegs ein kleines Nickerchen machen. Aber das wollte Frida ihm nicht gönnen.

„Was war das denn eigentlich eben auf der Wache?", hakte sie nach, als sie aus der Parklücke hinausfuhr.

„Sorry, dass ich ein bisschen länger gebraucht habe."

„Nein, das meine ich gar nicht, also nicht direkt. Sondern das mit dem Typen eben. Warum glaubt ihr ihm nicht?"

Peter schien genervt.

„Frida, wir haben jeden Tag mit solchen Leuten zu tun, die angeblich irgendwo irgendwas Komisches gesehen haben wollen. Meistens sind das Leute, die einfach nur Aufmerksamkeit haben wollen, paranoid oder betrunken sind. Und glaub mir, mit der Zeit erkennt man solche Leute. Der Typ von vorhin passte da genau rein."

War ja klar, dass Peter seine Schubladen hatte und jeden Menschen, den er kennenlernte, direkt in eine dieser Schubladen packte. „Ganz ehrlich, Peter. Es kann doch wirklich sein, dass er ein Verbrechen beobachtet hat!"
„Also, Kleine, nur damit du beruhigt bist: Für den unwahrscheinlichen Fall, dass an der Geschichte irgendetwas dran ist, habe ich eine Streife losgeschickt. Die schauen sich um, werden nichts finden, und damit ist der Fall erledigt."

Frida ärgerte es maßlos, dass er ihre Nachfragen nicht ernst nahm und das Thema offensichtlich möglichst schnell abhaken wollte. Klar, er hatte ja auch Feierabend …

4. Kapitel

Dunkelheit / Zeit ungewiss

Der Schmerz stach so heftig, dass er ihr erneut die Besinnung zu nehmen drohte. Sie wagte nicht, sich zu bewegen, konzentrierte sich darauf, ihren Atem flach zu halten. Einatmen. Ausatmen. Nicht bewegen. Den Schwindel unterdrücken. Vorsichtig wieder einatmen.

Dann dieser fremde Geruch, irgendwie metallisch. Was war passiert? War sie nicht vor einem Moment noch auf der Jüdefelderstraße gewesen? Vorsichtig hob sie ihren Kopf.

Ihre Nackenmuskulatur war steif, die Bewegung brannte wie Feuer. Sie bezwang den Schmerz und sah sich um, aber so sehr sie sich auch bemühte, sie konnte nichts erkennen. Es war stockduster, undurchdringliche Dunkelheit umgab sie. Sie war wie blind. Aus dem Nichts heraus weckte das eine Angst in ihr, wie sie sie noch nie gespürt hatte.

Benommen ließ sie ihren Kopf wieder sinken. Da spürte sie etwas Weiches an ihrer Wange. Nun erst merkte sie, dass ihr Pelzschal halb über ihrem Gesicht lag. Dann war er es also, der ihr die Sicht nahm. Sie wollte ihn abstreifen, doch ihre Schultern schmerzten, und sie konnte merkwürdigerweise die Hände nicht bewegen. Es dauerte ein paar Sekunden, bis sie erkannte, dass ihre Arme auf ihrem Rücken zusammengebunden waren. Sie zerrte an den Stricken, doch die Fesseln gaben sie nicht frei. Ihre Handgelenke schmerzten, das Seil schnitt ihr in die Haut, die Finger wurden taub. Sie registrierte, dass ihre Füße fast zu Eis gefroren waren, die Zehen ließen sich kaum noch bewegen.

Panik stieg in ihr auf. Was hatte das zu bedeuten? Die Schmerzen wurden stetig heftiger, je wacher sie wurde. Das Stechen lähmte ihren Körper, schwoll an, bis sie unfähig war, auch nur einen einzigen Muskel ohne Schmerzen zu bewegen. Und dann diese Blindheit, dieses Gefühl völliger Ohnmacht.

Wer oder was hatte sie in diese Lage gebracht? Sie musste so schnell wie möglich raus hier, weg von diesem Ort!

Mit aller Kraft versuchte sie erneut, sich aufzurichten. So schnell gab sie nicht auf, das hatte sie noch nie getan. Los jetzt! Normalerweise lief bei ihr doch immer alles nach Plan. Sie bekam für gewöhnlich das, was sie wollte. Wieso sollte das jetzt anders sein?

Trotz aller Schmerzen drückte sie ihre Füße in den Boden und schob sich nach hinten. Einmal, zweimal. Da durchfuhr sie ein Kälteschauer. Ihr Rücken hatte eine eisige Wand erreicht.

Ihr Herz raste. Mit wildem Pochen jagten Angst und Verzweiflung durch ihren Körper.

Dann plötzlich ein schleifendes Geräusch aus dem Dunkeln. Was war das? Es klang so unheimlich, dass sie ein Wimmern nicht unterdrücken konnte. War sie womöglich nicht allein?

„Ist hier jemand? Hilfe, ich brauche Hilfe!"

Keine Antwort.

Aber wieder ein leises Rascheln. Eine Bewegung, fast nur ein Schatten.

Ein Fiepsen.

Ratten!

Ihr Herz setzte für einen Augenblick aus – widerliche Biester! Sie hasste sie wie nur sonst irgendwas. Und sie mussten überall um sie herum sein. Ekelhaft! Sie spürte, wie ihr Gänsehaut an den Armen hochkroch. Wie viele da lauerten, konnte sie nicht abschätzen.

Ob sie hungrig waren? Sie hatte mal gehört, Ratten seien scheu. Wie lange war sie wohl schon hier? Und wann würde sich wohl das erste von diesen ekelerregenden Viechern an sie gewöhnt haben? Ganz nah herankommen? Und über ihren Körper huschen? Ratten mochten scheu sein, aber sie waren auch hungrige Allesfresser.

Zuerst würden sie wohl ihre Kleidung annagen. Sie versuchte, die aufkommenden Bilder aus ihrem Kopf zu verdrängen. Nicht auszumalen! Wie ihre gute Jacke und die neue Hose zerrissen, angefressen und verdreckt sein würden, nicht mehr zu retten … Sie schüttelte sich.

Schluss jetzt mit dem Kopfkino! Sonst würde sie noch an einem Herzinfarkt sterben. Sie wollte nur noch nach Hause, sich ein heißes Bad einlassen, alles vergessen. Es war nur ein böser Traum!

Sie neigte den Kopf, suchte mit ihrem Kinn ihren Hals ab. Und für eine Sekunde wurde ihr Herz warm. Das Medaillon war noch da! Wenn sie es nur öffnen und ansehen könnte … Vor wenigen Jahren hatte ihr Großvater ihr diesen silbernen Anhänger geschenkt. Fortan trug sie darin das Bild ihrer größten Errungenschaft bei sich, wohl bewahrt in dem fein ziselierten Medaillon. So erinnerte es sie immer an ihren Erfolg. Es gab ihr das Gefühl, stark genug zu sein, um es mit jedem aufzunehmen. Ausnahmslos jedem, der ihr und ihrem Erfolg im Wege stand.

Doch jetzt verschluckte das schwarze Dunkel dieses Gefühl. Zum ersten Mal spendete das Medaillon keinen Trost und keine Hilfe. Was um alles in der Welt war nur geschehen? War sie etwa entführt worden?

Bei diesem Gedanken packte sie eine unbändige Wut. Wer wagte es, sich mit ihr anzulegen? Und warum?

Etwa des Geldes wegen? Pah! Das hätte sich doch schnell organisieren lassen. Dafür musste man sie nicht den Ratten vorwerfen!

Erneut versuchte sie, ihre Hände zu befreien. Dabei verrutschte eine ihrer blonden Locken, kitzelte an der Nase. Sie versuchte die Haare wegzupusten, verzog das Gesicht, um die lästige Strähne loszuwerden – da durchzuckte es sie. Ihre Wange brannte höllisch. Sie war am Kopf verletzt! Jemand hatte sie verwundet.

Blanke Panik. Sie schrie so laut, dass ihre Kehle schmerzte. Tränen liefen ihre Wangen hinunter, doch sie durfte nicht aufhören, nach Hilfe zu rufen. Um Gottes Willen, jemand musste sie doch hören!

„Ich brauche Hilfe – Hilfe!!!"

War das nun das Ende? Das Ende ihres wunderschönen Lebens? Was, wenn keiner käme? Niemand? Sie würde hier sterben, elendig und allein mit diesen nicht auszuhaltenden Schmerzen, umringt von unzähligen Ratten!

In diesem Moment sehnte sie sich zum ersten Mal nach einer Familie. Nach einer Familie, die sie vermissen und suchen würde. Sie wollte weiterleben!

Doch sie war allein. Und der Tod machte ihr Angst. Todesangst. Als sie panisch an ihren Fesseln zerrte, durchzuckte sie wieder ein Stich im Hinterkopf. Die Schmerzen waren nicht auszuhalten. Alles drehte sich. Ein weiterer Stich durchzuckte ihren Schädel, und sie schrie nochmals auf. Dann trübte sich ihre Sicht, der modrige Geruch von nassem Stein nahm ihr den Atem. Atemzug um Atemzug gewann der Schmerz die Oberhand, raubte ihr die Besinnung. Langsam schloss sie die brennenden Augen und sank zurück ins Dunkel.

5. Kapitel

Montag / Café Kranz / 11:00

Danke", sagte Frida und warf dem Kellner, der ihr den Kakao auf den Tisch stellte, ein Lächeln zu. Sie mochte diesen Platz in der hinteren Ecke des Café *Kranz*. Hier hatte sie ihre Ruhe und zugleich entging ihr nichts von dem, was in der Konditorei geschah. Die drei älteren Damen in ihrer Nähe hatten gerade je ein zweites Stück Obsttorte bestellt, und die zwei Kleinkinder vom Nebentisch verfütterten ihre Kakao-Sahne an den Dackel des Pärchens, das in einen Reisekatalog vertieft war.

Zu Beginn ihrer Freistunde war Frida direkt hierhergekommen. Die Hausaufgaben hatte sie alle gestern noch erledigt, und Klausuren standen erst wieder in der nächsten Woche an. Sie hatte also genug Zeit, um sich eine Auszeit zu nehmen, der herbstlichen Kälte zu entfliehen und einen Kakao zu trinken.

Ein weiterer Gast trat durch die Tür und setzte sich an einen der großen Holztische. Die Lampen an der Decke tauchten den Raum in ein gemütliches, gelbliches Licht. Auf der Suche nach einem Thema für den Debattierclub verlor sich Fridas Blick durch die großen Fenster nach draußen.

Doch schon wenige Minuten später holte das Vibrieren ihres Handys sie wieder ins Hier und Jetzt. *Eine neue Nachricht,* meldete ihr das Handy. „Hallo Schatz, bring doch bitte für heute Abend einen Salatkopf mit. Peter kommt auch zum Essen. Hab dich lieb, Mama."

Frida seufzte und verstaute das Handy schnell in ihrer Jackentasche. Sie wollte nicht, dass Peter schon wieder vorbeikam. Sie wollte überhaupt nicht, dass er seine Nase in ihr Leben oder das Leben ihrer Mutter steckte.

Noch waren ihre Mutter und Jürgen, ihr leiblicher Vater, nicht geschieden. Sie lebten zwar getrennt, trotzdem wollte Frida die Hoffnung noch nicht aufgeben, dass ihre Eltern doch wieder zueinander fänden. Gleichzeitig wünschte sie sich, dass ihre Mutter glücklich würde. Und wenn dieses Glück für den Moment aus einem Mann namens Peter bestand, dann musste sie das wohl oder übel akzeptieren.

„… wird die 31-jährige Isabella Tieß vermisst."

Von der blechernen Stimme aus ihren Gedanken gerissen, blickte Frida auf und lauschte der Durchsage. „Sie verließ am Freitag gegen 14:00 Uhr ihre Wohnung und wurde seitdem nicht mehr gesehen. Beschrieben wird die Frau wie folgt: 1,75 m groß, schlanke Gestalt, grau-blaue Augen, lange, blonde Haare. Sie ist bekleidet mit einer hellen Jacke der Marke *Tommy Hilfiger* und einer dunklen Jeans. Vermutlich hält sich die junge Frau im Raum Münster auf. Wer sie nach dem 19. Oktober gesehen hat und gegebenfalls Angaben zu ihrem Aufenthaltsort machen kann, möge bitte dringend sachdienliche Hinweise an die Polizei Münster geben."

Der Sender kehrte zu seinem Programm zurück und spielte wieder Musik ein. Warum um alles in der Welt kam ihr der Name der Vermissten nur so bekannt vor?

Isabella … Nach einigen Sekunden dämmerte etwas in Fridas Erinnerung. *Isabella!* Hatte so nicht die Ex-Freundin ihres Vaters geheißen?

Jürgen hatte vor einigen Wochen mal ein paar Andeutungen gemacht. Allerdings war es wohl eher eine Affäre als eine Beziehung gewesen. Frida hatte die beiden auch nur ein einziges Mal zusammen erlebt. Kurze Zeit später schon hatte es einen Streit gegeben, offenbar, weil Jürgen mit seinem Beruf als Künstler – das Geld betreffend – nicht unbedingt in einem goldenen Zeitalter lebte. Was als Diskussion angefangen hatte, war zu einer Auseinandersetzung eskaliert, die das Ende eingeleitet hatte. Es hatte dabei nicht lange gebraucht, bis Isabella ein Buch genommen und damit Jürgen beworfen hatte. Zwar war es ein Taschenbuch gewesen, doch wahrscheinlich hatte sie sich gewünscht, es hätte einen festen Einband gehabt ...

Abgesehen von dieser Szene wusste Frida nicht viel über das Verhältnis. Und sie wollte ihn auch nicht ausquetschen, schließlich handelte es sich immer noch um das Liebesleben ihres Vaters. Nur so viel war klar: Die Liaison war nicht nur ein *Reinfall* gewesen, wie Jürgens Fazit lautete, sondern vor allem – ein Geheimnis. Frida hatte zu den wenigen Eingeweihten gehört; selbst ihre Mutter wusste nichts davon.

Isabella Tieß wurde also vermisst! Frida überlegte. Ob das tatsächlich Jürgens Ex war? So sehr sie es auch versuchte – sie konnte sich partout nicht an deren Nachnamen erinnern. Der Nachname kam ihr zwar irgendwie bekannt vor, aber sicher war sie sich nicht.

Sie musste unbedingt ihren Vater danach fragen. Frida wusste, dass die beiden zwar ihr privates Verhältnis beendet hatten, beruflich aber weiterhin in Kontakt standen. Er hatte in diesem Zusammenhang von einer Kooperation gesprochen, er würde demnächst in ihrer Galerie ausstellen. Und falls es tatsächlich seine Isabella sein sollte, die verschwunden war, dann konnte er vielleicht auch noch weitere Informationen beisteuern. Wann er sie das letzte Mal gesehen hatte und so weiter.

Am liebsten wäre Frida direkt in den nächsten Bus gestiegen und zu ihrem Vater gefahren, aber die Doppelstunde Deutsch zu schwänzen – das kam für eine Frida Weber nicht in Frage. Sie nahm den letzten Schluck aus der Tasse, legte ein paar Euro auf den Tisch und schnappte sich ihren Mantel. Dann musste das eben bis nach der Schule warten.

Einige Stunden später stand Frida vor der Wohnung ihres Vaters in Roxel und betätigte zweimal den Türklopfer. Schon kurz darauf hörte sie die schweren Schritte ihres Vaters, und die Tür wurde geöffnet.

„Hallo Schnullerbacke! Freut mich, dass du mich besuchst!"

Typisch Papa! Frida musste über den Kosenamen schmunzeln.

„Komm rein, man friert sich ja draußen den Hintern ab", fuhr er grinsend fort und hielt ihr die Tür auf. Frida trat über die Schwelle in die beheizte Wohnung und ließ die Tür hinter sich ins Schloss fallen.

„Wie geht's dir?", fragte sie ihn, während sie ihren Mantel an die Garderobe hängte.

„Ziemlich gut. Und dir? Beziehungsweise: Euch?"

Prima, wollte Frida sagen, hielt sich dann jedoch zurück. Es war zwar die Wahrheit, aber sie wollte ihm nicht unter die Nase reiben, dass ihre Mutter sehr gut ohne ihn zurechtkam. Jürgen würde es als ein *Ihr-geht-es-besser-ohne-dich* auffassen.

„Uns geht´s gut", sagte sie also lässig und zwirbelte eine Haarsträhne um ihren Finger.

„Setzen wir uns doch ins Wohnzimmer. Möchtest du etwas trinken? Hast du Hunger?"

„Nein, danke", sagte Frida und folgte ihrem Vater durch den elendig langen Flur, der mit einem bunten Teppichläufer ausgelegt war.

„Was macht die Schule?"

„Alles bestens. Ich fange jetzt mit dem Debattierclub an."

Frida ließ sich auf das beige, mit unzähligen kleinen bunten Kissen vollgestopfte Sofa fallen. In einem offenen Kamin brannte ein Feuer mit unregelmäßig züngelnden Flammen und verbreitete angenehme Wärme. Der Teppich davor hatte das gleiche bunte Muster wie der im Flur, fiel Frida auf. Er sah aus, als stammte er direkt aus dem Orient. An den Wänden hingen dutzende Gemälde und Zeichnungen. Jürgen setzte sich im Schneidersitz auf das Sofa ihr gegenüber.

„Was ich dich fragen wollte – Wie hieß deine Kollegin noch mal, die mit der Galerie, meine ich."

„Wie kommst du denn jetzt darauf? Isabella Tieß, aber wieso …"

Also doch! Sie war es!

„Hast du in letzter Zeit etwas von ihr gehört?", fragte Frida beiläufig und schaute an die Wand ihr gegenüber, die aus einem einzigen Regal voller Bücher mit bunten Einbänden bestand.

„Du stellst Fragen! Aber – nein, ist ehrlich gesagt schon länger her, dass wir miteinander gesprochen haben. Warum willst du das wissen?"

Frida runzelte die Stirn, und für einen Moment hatte sie die Stimme aus dem Radio wieder im Ohr. „Ich habe ihre Vermisstenanzeige gehört", sagte sie schließlich und versuchte dabei so sachlich wie möglich zu klingen.

Jürgen starrte sie durch seine Designerbrille an. Er war sichtlich irritiert und fand erst einige Sekunden später seine Sprache wieder. „Wann war das?"

„Ist noch nicht lange her. Heute Vormittag." Sie machte eine kurze Pause. „Hattet ihr denn schon länger keinen

Kontakt mehr?“ Es sollte eher wie eine Frage klingen, aber die Schlussfolgerung in dem Satz war nicht zu überhören. Jürgen schüttelte den Kopf.

„Nicht einmal auf beruflicher Basis?“, bohrte Frida weiter nach.

„Doch, das eigentlich schon“, sagte er. „Sie hat ein Galerie-Event geplant, die ultimative Chance für mich, um meine Kunst vor neuem Publikum zu präsentieren. Aber wenn sie sich nicht bald zurückmeldet, wird daraus wohl erst mal nichts. Es herrscht gerade Funkstille zwischen uns. Sie kann ein ganz schönes Biest sein, wenn sie etwas will. Und ich kann nicht immer nach ihrer Pfeife tanzen.“

Frida legte den Kopf schief und blickte ihn neugierig an. Was bedeutete das denn nun schon wieder?

„Was wollte sie denn von dir?“ So langsam fühlte sich Frida wie eine Staatsanwältin beim Kreuzverhör.

„Ach, nichts Besonderes“, sagte er abwinkend, als verscheuche er eine lästige Fliege. „Ich kann ihr einfach nicht jeden Gefallen tun.“

„Hast du sie denn wenigstens mal angerufen?“

„Hab es auf Festnetz und ihrem Handy versucht. Aber da ging keiner ran, und ihr Assistent konnte mir auch nicht weiterhelfen – du erinnerst dich doch an Hugo?“

„Klar, an den bunten Vogel erinnert sich jeder.“ Frida nickte. „Und was ist mit E-Mail?“

„Auch Fehlanzeige, sie hat bisher nicht geantwortet.“

„Das bedeutet, du hast absolut keinen Schimmer, wo sie sein könnte?“

„Überhaupt nicht. Sie war auch nicht bei der Galerie-Eröffnung am Hafen am Samstag. Ich hatte gehofft, ich könnte sie dort abfangen und zur Rede stellen, was denn jetzt werden soll … also mit der Ausstellung meine ich.“

Frida hob eine Augenbraue, hielt es aber für besser, nicht weiter nachzuhaken. Jürgen schien auch nicht weiter auskunftsfreudig zu sein.

Sie musste an all die Galerie-Events denken, die sie schon mit ihrem Vater besucht hatte, und wurde etwas wehmütig. Früher waren sie öfter gemeinsam dorthin gegangen, einfach, um Zeit miteinander zu verbringen. In den letzten Monaten war das allerdings etwas zu kurz gekommen.

„Wahrscheinlich hat eine Freundin von ihr die Anzeige aufgegeben", murmelte Jürgen nach einer Weile und rieb sich seinen gestutzten Dreitagebart. „Wenn ich es gemacht hätte, dann …"

„Ich weiß schon", sagte Frida schnell. Sie war nicht scharf darauf, das Thema erneut aufzugreifen. „Die Sache mit deinen Steuern damals …"

Sie hatte ein ungutes Gefühl, das Wort *Steuerhinterziehung* vor ihm laut auszusprechen.

„Genau die", pflichtete Jürgen ihr bei. „Die Blau-Silbernen würden mich sofort verdächtigen. Man macht einmal in seinem Leben einen Fehler und sofort ist man im Visier."

Eigentlich unfair, dachte Frida. Man muss in seinem Leben viel leisten, um zu beweisen, dass man zu etwas taugt. Aber man braucht manchmal nur *einen* Fehler zu machen, um als Nichtsnutz zu gelten. Die meisten Menschen eifern im Leben viel zu oft so sehr irgendwelchen Zielen nach, dass sie die wirklich wesentlichen Dinge vergessen. Aber wem muss man etwas beweisen? Anderen Menschen oder sich selbst? Was ihren Vater anging, so hatte er zweifellos eine etwas schräge Art, aber er war ein guter Mensch, das stand außer Frage.

„Ist die neu?", fragte Frida plötzlich grinsend und deutete auf eine der unzähligen Skulpturen, die im Raum verteilt standen. Da gab es welche aus Terrakotta, Ton, aus Draht geflochten und sogar zwei aus verschiedenen Schrauben und Zahnrädern standen dabei. Jürgen schaute auf.

„Einigermaßen", sagte er und sein typisches PR-Lächeln blitzte auf, wie immer, wenn er über seine Arbeit sprach. „Du kannst dir meine Arbeiten merken?"

„Nicht alle. Aber bei manchen von den etwas älteren weiß ich sogar noch, wann du sie gemacht hast", antwortete sie.

„Dann hab ich noch etwas, was ich dir zeigen muss!", verkündete er, erhob sich aus seinem Schneidersitz und gab ihr ein Zeichen, dass sie kurz auf ihn warten sollte. „Steht im Abstellraum." Und mit diesen Worten war er verschwunden. Frida konnte ihn schon in Gedanken vor sich sehen, wie er seinen chaotischen Abstellraum durchforstete, auf der Suche nach seiner neuesten Arbeit.

Um sich die Wartezeit zu vertreiben, ließ sie einen zusammengeknüllten Kassenbon, den sie in ihrer Tasche wiederentdeckt hatte, von einer Hand in die andere wandern. Schließlich holte sie aus und warf ihn in Richtung der Feuerholzkiste neben dem lodernden Kamin. Die Papierkugel prallte am Rand der Kiste ab und rollte über den Boden herüber zu der massiven Kommode mit den scheinbar unendlich vielen Schubladen. Mit einem Satz war Frida auf den Beinen und mit drei weiteren Schritten neben dem alten Möbelstück, um sich nach dem Papier zu bücken.

Als sie sich wieder aufrichtete, blieb ihr Blick an einem eingerahmten Bild hängen. Es war nicht etwa aufgestellt oder hing an der Wand. Es lag einfach auf der Kommode, wie ein dicker Käfer, der auf dem Rücken gelandet war und nicht mehr selbst wieder auf die Beine kam.

Vorsichtig stellte Frida das Bild auf. Diese blonden langen Haare und die grau-blauen Augen hätte sie überall wiedererkannt. Offenbar hatte ihr Vater immer noch nicht alle Spuren seiner Affäre weggeräumt. Ob er noch an Isabella hing? Sie war sich nicht sicher, ob da noch mehr war als die gemeinsame Arbeit.

Frida zögerte einen Moment, doch dann folgte sie ihrem Impuls und nahm die Rückwand des Rahmens heraus, obwohl eine innere Stimme sie davor warnte. Das Foto steckte sie sich unter den Pullover. Möglicherweise würde sie tatsächlich zur Polizei gehen und es dort brauchen können. Jürgen musste ja nicht wissen, dass sie sein Bild mitnahm. Vermutlich hätte er sowieso nur Bedenken wegen dieser Finanzgeschichte.

Frida hoffte, dass ihm der leere Rahmen nicht auffallen würde. Sollte sie ihn besser ganz verschwinden lassen? Dann könnte sie ihren Vater unter Umständen in dem Glauben lassen, er habe den Rahmen an einen anderen Ort gestellt.

„Moment noch!“, ertönte plötzlich aus dem Flur die Stimme ihres Vaters.

Sie zuckte zusammen. Dann aber hörte sie, wie er die Treppe zu seinem Atelier nahm, das im Obergeschoss lag. Sie hatte also noch einen kurzen Augenblick Zeit.

Wohin mit dem Ding? Hektisch riss Frida das oberste Fach der Kommode auf. Dort fand sie, wie nicht anders erwartet, ein wildes Durcheinander. Ein paar kleine Notizblöcke, ein Buch, dessen Einband vom vielen Gebrauch schon abgegriffen war, einen offenen Tabaksbeutel, ein verstreutes Kartenspiel, irgendeinen Pokerchip und eine

Tüte Erdnüsse. Rasch schob sie den Rahmen in eine der hinteren Ecken. Es war sicher nicht das beste Versteck, aber sie hatte keine Zeit, sich ein besseres zu suchen.

Plötzlich blitzte unter einigen Spielkarten etwas Silbernes auf, das sie sofort als Schlüssel identifizierte. Frida nahm ihn heraus, um ihn genauer zu betrachten, und schob die Schublade wieder zu. Die Gravur auf dem angelaufenen Anhänger war bei diesem schummrigen Licht leider nicht mehr zu erkennen. Sie machte ein paar Schritte bis zur Stehlampe in ihrer Nähe. *Galerie Tieß Art* las sie.

Da knarrten die Dielen im Flur unter Jürgens Schritten. „Hab's gefunden!", rief er.

Frida wusste, dass sie schon zu weit gegangen war. Und den Schlüssel einzustecken, das würde es nicht besser machen. Aber jetzt war ihr Vater schon so nah, dass er jeden Moment im Türrahmen stehen musste. Er würde sie so anklagend ansehen, enttäuscht darüber, dass sie in seinen Sachen wühlte, dass sie ihm nie mehr in die Augen blicken könnte. Nie mehr.

Blitzschnell ließ sie den Schlüssel in ihrer Hosentasche verschwinden und hastete auf Zehenspitzen zurück zum Sofa.

Als Jürgen um die Ecke bog und ihr sein offenbar neuestes Kunstwerk, eine kleine steinerne Statue, präsentierte, saß sie wieder ganz ruhig an ihrem Platz auf dem Sofa, die Hände zusammengefaltet, und sah ihn an, als sei nichts geschehen.

6. Kapitel

Dunkelheit / Uhrzeit ungewiss

Sein Blick fixiert die Frau, die vor seinen Füßen auf dem grauen Boden liegt. Sie ist hübsch. Lange, blonde Locken, volle Lippen, schlank und groß – und doch fühlt er sich von ihr nicht im Geringsten angezogen. Denn wenn er daran denkt, wie geringschätzig sie ... Er ballt seine Hände zu Fäusten. Die Wut kocht wieder in ihm hoch. Aber er hat sich vorgenommen, entspannt zu bleiben.

Im Moment schläft sie noch, ihre Hände und Füße hat er mit Klebeband gefesselt. Zur Sicherheit. Damit sie nicht weglaufen kann, wenn sie aufwacht. Einzig auf einen Knebel hat er verzichtet. Selbst wenn sie schreien sollte – hier, unter so viel Stein und Erde, wird niemand sie hören.

So wie ihn nie jemand gehört hat.

Er geht neben ihr in die Hocke und streckt seine zitternden Hände nach ihr aus. Sanft streicht er über ihren Kopf, bis er die Wunde findet, die er ihr mit dem Stein zugefügt hat. Er spürt das getrocknete Blut an seinen Fingern, und als er die Locken zur Seite schiebt, kann er es auch sehen. Langsam breitet sich ein Lächeln auf seinem Gesicht aus.

„Du armes Mädchen", denkt er spöttisch, „jetzt bist du mir ausgeliefert ..." Einige Herzschläge lang starrt er sie an, bis er schließlich aufsteht, weil er das Stillsitzen nicht mehr erträgt. Unruhig läuft er im Dunkeln auf und ab, seine Schritte hallen von den Wänden wider. Einen Moment betrachtet er fasziniert die tanzenden Schatten, die an den Wänden durch seine Bewegung entstehen. Das einzige Licht hier unten kommt von der Taschenlampe, die er mitgebracht hat. Auch hinter dem winzigen, vergitterten Fenster oben in der Ecke ist es dunkel.

Sein Blick wandert wieder zurück zu der bewusstlosen Frau, die immer noch reglos am Boden liegt. Sie ist nicht mehr richtig bei Bewusstsein gewesen, seitdem sie benommen vom Schlag in seinen Armen zusammengesackt war und er sie hierhergebracht hat. Es ärgert ihn, aber er musste sich seine Erleichterung eingestehen, als ihm klar wurde, dass sie noch lebte. Sein Schlag, so hasserfüllt und brutal er auch war – hat sie nicht getötet. Zum Glück!

Nicht, weil ihm an ihrem Leben wirklich etwas liegt. Der Grund ist vielmehr, dass er sich noch nicht entschieden hat, was er mit ihr machen will. Und so stehen ihm noch alle Möglichkeiten offen.

Immerhin eins ist sicher: Sie werden die Frau nicht finden, nicht hier. Ihre teure Kleidung ist zerrissen und schmutzig, ihre Handtasche liegt im Dreck. Ein zufriedenes Lächeln umspielt seine Lippen.

Hier unten gehört sie ihm. Vollkommen. Er kann mit ihr tun und lassen, was er will.

Menschen wie sie gibt es sowieso genug. Das hat er selbst oft erleben müssen. Menschen, die glauben, sie wären etwas Besseres. Menschen, die glauben, sie könnten über andere urteilen. Menschen, die handeln, ganz wie es ihnen gefällt, ohne Rücksicht auf Verluste.

Nun, zuerst wird dieses Püppchen hier einsehen müssen, dass ihr Handeln Konsequenzen hat. Bald wird er sie spüren lassen, wie es ist, anderen ausgeliefert zu sein.

Sobald sie aufwacht. Natürlich wird er sie auf keinen Fall laufen lassen. Sie hat ihn gesehen, würde ihn sofort verraten.

Er betrachtet ihre Füße; von den Stöckelschuhen hat sie bereits einen verloren. Ihre Zehen sind blau von der Kälte, und die zuvor so perfekt manikürten Fingernägel sind dreckig und abgerissen, fast wie Krallen. Die Schminke auf ihrem Gesicht ist verwischt und hat schwarze Schlieren auf ihrer Haut hinterlassen.

Er presst die Lippen aufeinander. Menschen wie sie sehen ihre Fehler nicht gerne ein. Sie machen lieber andere dafür verantwortlich. Andere, die es nicht so leicht haben. Die sich nicht mit Geld alles kaufen können, was sie wollen. Wie der *Draußen*-Verkäufer.

Er kneift die Augen zusammen, als die vertraute Wut wieder in ihm hochkommt. Diese Wut allein hat ihn dazu getrieben, die Frau zu verfolgen und mit dem Stein niederzuschlagen. In diesem Moment war ihm alles andere egal.

Und nun?

Er atmet tief durch. Die kalte Luft klärt seine Gedanken. Dass sie mit ihrem Verhalten nicht durchkommen darf, das weiß er genau. Und dafür wird er sorgen.

Eine Bewegung in seinem Augenwinkel unterbricht seine Gedanken. Er hört ein leises Stöhnen. Die Frau auf dem Boden dreht den Kopf, ihre Augenlider flattern, beginnen sich zu öffnen – er zuckt zusammen, als sie aufkreischt. Panisch versucht sie aufzustehen, was ihr wegen ihrer gefesselten Hände und Füße jedoch nicht gelingt. Hektisch und erschrocken schaut sie sich um.

Er sieht ihr zu. Er glaubt, ihre Angst förmlich riechen zu können. Ihre Locken hängen ihr im Gesicht, ihre Knie und Ellbogen sind aufgekratzt und blutig. Ihr Atem geht rasend schnell. Ihr Blick irrt von Angst erfüllt durch den Raum, trifft nur für einen Sekundenbruchteil auf ihn, dann senkt sie rasch den Kopf. Er hört ihr Keuchen, laut hallt es von den steinernen Wänden wider. Er bildet sich sogar ein, ihr wild schlagendes Herz zu hören, aber sie sitzt jetzt still an die Wand gelehnt, die Augen fest auf den Boden gerichtet. Nur ihre Hände sind unruhig, versuchen zitternd die Fesseln loszuwerden. „Aber damit wirst du keinen Erfolg haben!“, denkt er triumphierend. Er hat sie gründlich festgebunden. Und selbst wenn sie ihre Fesseln abstreifen könnte – dann würde ihr immer noch die dicke, verschlossene Eisentür den Ausgang versperren. Ja, er hat den Ort gut gewählt.

„Was wollen Sie … von mir?“, stammelt sie. Auf ihre Frage geht er natürlich nicht ein. Aber ihre Worte lösen ein fast schon euphorisches Gefühl in ihm aus. Sie stottert! Und sie hat Angst. Sie muss nun erleben, was er schon sein ganzes Leben lang ertragen hat. Ausnahmsweise, nein: *Endlich* ist er derjenige, der den Ton angibt. Er tritt näher an sie heran, sodass er von oben auf sie herabsehen kann.

„Na, sind wir endlich aufgewacht?“ Über sich selbst erstaunt, reißt er die Augen auf, weil ihm der Satz so flüssig über die Lippen gekommen ist. Er hat erwartet, dass er wie immer stottern würde. Doch diesmal scheint es anders zu sein. Vielleicht ist es anders, weil die Frau auf ihn angewiesen ist, weil sie schwach, wehrlos ist. Weil sie ihn beachten muss.

Und weil er nun weiß, dass er für seine Aufgabe stark genug ist.

„Bitte … bitte, ich will doch nur … bitte … ich weiß nicht, was ich Ihnen getan habe … ich will doch nur nach Hause.“ Ihre letzten Worte gehen in einem lauten Schluchzer unter, ihre Schultern beben.

Als ihm klar wird, warum sie so beharrlich auf den Boden starrt, muss er schmunzeln.

„Sieh ruhig auf. Du brauchst keine Angst zu haben. Du … du kommst hier eh nicht raus!“

Die Worte fließen nur so aus ihm heraus und erfüllen ihn mit Stolz. Fasziniert beobachtet er, wie sie verzweifelt beginnt, den Kopf zu schütteln, immer und immer wieder.

„Nein, nein, nein", murmelt sie unaufhörlich. Plötzlich platzt es aus ihm heraus. „Hör auf damit!", fährt er sie an. Sie hat kein Recht, sich so zu verhalten! Es ist ja nicht so, dass sie grundlos hier ist. Mit einer abrupten Bewegung dreht er sich von ihr weg, unterdrückt seinen Zorn und greift in seine Tasche, um herauszuholen, was er ihr mitgebracht hat. Eine Flasche Wasser und Brot. Erst war er sich nicht sicher, was er mitnehmen sollte, aber dann erschien es ihm angemessen. Wasser und Brot. Das war fast wie eine Botschaft aus den alten Gefängnissen. Die klassische Mahlzeit der Schuldigen.

Er stellt beides vor ihr ab. Unsanft packt er ihre gefesselten Hände und lockert das Klebeband mit ruckartigen Bewegungen. „Hier, iss!", befiehlt er grob. Zitternd weicht sie vor ihm zurück. Er fühlt ein kaltes Lächeln in sich aufsteigen. Sie hat Angst. Angst vor ihm. Und er besitzt – zum vielleicht ersten Mal in seinem Leben – Macht über jemanden. Er hätte niemals gedacht, dass sich Macht so gut anfühlen würde. Er mag den Geruch der Panik, den sie ausströmt, ihre fahrigen Gesten.

Während sie zögerlich, aber offensichtlich ausgehungert isst, hebt er ihre Tasche auf und schüttet den Inhalt auf den Boden. Scheppernd verstreuen sich Schminksachen, ein Handy, das hart auf dem Boden aufschlägt und direkt einen Riss im Display bekommt, ihr Portemonnaie, eine Packung Menthol-Zigaretten und ein Schlüsselbund. Als er sich bückt und das Portemonnaie aufhebt, sieht er, wie die Frau ihm einen scheuen Blick zuwirft und die Augen hastig wieder senkt, als er sich ihr zuwendet.

Gut so, denkt er grimmig.

Er öffnet ihr Portemonnaie. Zuerst findet er ihren Führerschein. Isabella Tieß heißt sie. Und selbst auf diesem recht alten Foto ist sie so aufgetakelt wie vor drei Tagen. Ganz anders als jetzt. Mit einem abfälligen Schnauben wirft er die Fotografie zu den anderen Sachen auf den Boden. Da ist noch eine Visitenkarte von einer Galerie, die dem Namen nach wohl ihr gehört, und eine ganze Menge Bargeld, aber sonst nichts Interessantes. Die Karte, die Zigaretten und das Geld steckt er ein, den Rest stopft er zurück in ihr lächerliches Handtäschchen.

Seine Gefangene sieht aus, als wolle sie bei seinem groben Umgang mit dem teuren Stück protestieren, doch sie überlegt es sich gerade noch rechtzeitig anders und schweigt. Wieder macht sich dieses überwältigend gute Gefühl der Stärke in ihm breit und jagt ihm einen wohligen Schauer über den Rücken.

Er geht auf sie zu und genießt es, wie sie sich furchtsam zusammenkauert. „Was … was wollen Sie von mir?“, fragt sie noch einmal stammelnd. Er antwortet ihr nicht. Als sie sich plötzlich ein Stück aufrichtet, kneift er argwöhnisch die Augen zusammen.

„Ist es … ist es wegen der Skulpturen?“, will sie wissen. Ihre Stimme klingt zuversichtlicher, ihre Hände umklammern fest die Kette, die ihr um den Hals hängt.

Doch er ignoriert ihre Frage und beugt sich bedrohlich über sie. „Was hast du da?“

Sie versucht zurückzuweichen und presst sich an die Wand hinter ihrem Rücken.

„Nichts“, behauptet sie. Ihre Stimme bebt.

„Zeig her“, fordert er barsch.

Sie schüttelt energisch den Kopf. Einen Augenblick lang herrscht Totenstille zwischen den kalten Steinmauern. Er starrt sie an. Sie wagt es, sich ihm zu widersetzen! Aber das wird er nicht zulassen. Er wird nie mehr zulassen, dass ihm irgendjemand seine Macht entreißt.

Ohne darüber nachzudenken, holt er aus und gibt ihr eine harte Ohrfeige. Ihr Kopf fliegt zur Seite. Sie kreischt. Wimmert, während er ihre Hände öffnet und die Kette an sich nimmt. Es ist ein kleines, silbernes Medaillon, sicherlich wertvoll, aber der Schmuck interessiert ihn nicht. Er steckt ihn in seine Jackentasche. Wichtig ist nur ihre Angst. Sie muss lernen, ihm zu gehorchen. Ihr Schrecken ist seine Droge. Er glaubt schon jetzt, dass er nicht mehr ohne diese Droge leben kann.

„Bitte", flüstert sie mit rauer Stimme, „sagen Sie mir, was Sie wollen. Sie … Sie können zwanzig Prozent haben, das wird Sie reich machen!"

Schweigend und mit verschränkten Armen sieht er auf sie hinab. Sie denkt an Geld. Natürlich tut sie das. Was denn auch sonst?

Als er nicht antwortet, kaut sie hektisch auf ihrer Lippe herum.

„Na gut, meinetwegen dreißig Prozent."

Ihr Ton gefällt ihm ganz und gar nicht. Sie klingt viel zu sicher. Aber unter seinem kalten Blick scheint sie wieder in sich zusammenzuschrumpfen.

„Vierzig Prozent. Mehr kann ich Ihnen nicht anbieten. Das Risiko entdeckt zu werden … ich muss mich ja auch absichern!"

Hass kriecht in ihm hoch. Wie er es verabscheut, dass sie glaubt, sie könne ihre Probleme mit Geld lösen. Sich freikaufen!

„Ich will dein verdammtes Geld nicht!“, fährt er sie an. Mit Genugtuung registriert er, wie ihr das Blut aus den Wangen weicht und sich ihre zurückgewonnene Zuversicht während eines Wimpernschlages verflüchtigt.

„Was?“, fragt sie überrascht. Sie scheint seine Worte nicht fassen zu können.

Natürlich nicht, denkt er verächtlich. Leute wie sie verstehen nicht, dass es nicht immer nur um Geld geht. Er sieht sie eindringlich an, sieht die Verwirrung in ihren Augen, und wie ihre kurze Hoffnung erlischt.

„Ich – will – dein – Geld – nicht!“, wiederholt er, so deutlich und klar, wie er wahrscheinlich noch nie zuvor in seinem Leben gesprochen hat. Sie kann seinem bohrenden Blick nicht standhalten, ihre Augen irren ziellos hin und her, sie zittert stärker als zuvor.

„Aber … aber was wollen Sie denn dann?“ Ihre Stimme ist brüchig, nur schwer zu verstehen, doch das macht ihm nichts. Im Gegenteil.

„Du weißt ganz genau, was du getan hast“, blafft er sie an, während er seine Hände wütend zu Fäusten ballt. Sie schluchzt auf. „Ich weiß, dass es nicht richtig war, was ich getan habe. Es war … es war einfach eine so gute Gelegenheit. Es war doch nur ein Geschäft, nichts weiter.“

„Eine gute Gelegenheit?“, fragt er fassungslos.

Sie zuckt nur hilflos mit den Schultern, bekommt kein Wort heraus, ihr Blick ist voller Verzweiflung. Das beruhigt ihn, gibt ihm Sicherheit. Und Macht.

Er geht vor ihr in die Hocke. Behutsam wischt er ihr eine Träne von der Wange, freut sich heimlich daran, wie sie unter seiner Berührung zusammenzuckt.

„Du verstehst es nicht, nicht wahr?“, fragt er, diesmal sanft. Sie schüttelt den Kopf. Ihre Furcht ist so offensichtlich. Und seine Macht ist es auch. Jetzt kann er dafür sorgen, dass sie versteht, und er weiß auch, dass dies der Beginn eines großen Projektes ist.

Er steht wieder auf und holt einen Notizblock und einen Stift aus seiner Tasche. Mit krakeliger, kleiner Schrift schreibt er etwas darauf, dann reißt er den Zettel ab und hält ihn ihr entgegen. „Lies das", fordert er sie auf.

Unsicher fliegen ihre Augen darüber, einmal, ein zweites und dann ein drittes Mal. Sie runzelt die Stirn, verwirrt, angestrengt. Sie wirft einen Blick zu ihm, richtet ihre Konzentration aber schnell wieder auf die vier Verse eines Gedichts, als sie sieht, dass er sie beobachtet.

„Ich verstehe es nicht", gibt sie schließlich kleinlaut zu, „*Wo ist die Hand so zart …* was soll das bedeuten?"

Doch er schüttelt nur den Kopf. „Denk darüber nach! Dann wirst du deine Fehler verstehen." Blitzschnell ergreift er plötzlich unsanft ihre Hände und fesselt sie erneut mit Klebeband. Mit einem Ruck wendet er sich schließlich von ihr ab und packt seine wenigen Sachen zusammen.

„Nein … bitte nicht", fleht Isabella, „ich will nicht hier bleiben. Lassen Sie mich doch bitte gehen!"

Er dreht sich noch einmal zu ihr um, betrachtet sie abschätzig, wie sie dort im Dreck liegt. „Du hast dich für unbesiegbar gehalten! Jetzt zitterst du vor Angst und bist nicht mehr in der Lage, deine Fehler zu wiederholen. Es ist nur eine Frage der Zeit, bis du sie einsiehst."

Mit diesen Worten verlässt er die kleine Kammer.

Boshafte Zufriedenheit erfüllt ihn, als er den Schlüssel hinter sich im Schloss umdreht und sie alleine im Dunkeln zurücklässt. Nachdenklich zieht er eine von ihren Menthol-Zigaretten aus seiner Tasche und zündet sie sich an. Die glimmende Spitze tanzt wie ein Glühwürmchen durch den schummrigen Tunnel, und der blaue Rauch steigt in dem Lichtkegel der Taschenlampe zur Decke auf. Er wird dafür sorgen, dass sie versteht. Dass sie alle verstehen. Und wenn er das geschafft hat, wird die Welt eine andere, eine bessere sein.

7. Kapitel

Cornelius' Wohnung / ca. 13:00

Der Regen trommelte an sein Zimmerfenster. Das ging nun schon den ganzen Vormittag so. Die Uhr zeigte bereits kurz nach eins, aber Conny hatte aufgrund des schlechten Wetters beschlossen, den Vormittag im Bett zu verbringen. Eigentlich hätte er lernen müssen, denn eine Klausur stand unmittelbar bevor, und seine Bemühungen hatten sich diesbezüglich bislang in Grenzen gehalten. Das konnte Conny zwar nicht wirklich aus der Ruhe bringen – bisher hatte er seine Klausuren noch immer bestanden und das nicht einmal schlecht. Aber seine Laune war heute ohnehin nicht die beste, und da lief das Lernen nun mal meistens unproduktiv. Schuld daran war der vergangene Abend – der war nämlich wenig erfreulich verlaufen.

Zu Gast bei seinen Eltern hatte er am Abendessenstisch relativ beiläufig von seiner Begegnung mit der Polizei, der unfreiwilligen Übernachtung in der Ausnüchterungszelle und seinen merkwürdigen Beobachtungen auf der Promenade erzählen wollen. Mann, war das eine Aufregung gewesen!

Sein Vater hatte beim Stichwort „Ausnüchterungszelle" prompt einen seiner cholerischen Anfälle bekommen und ihm mit drastischen Worten zu verstehen gegeben, dass er die *verdammten Saufeskapaden* seines Herrn Sohn nicht länger tolerieren werde, dass sich Conny vielmehr gefälligst darauf konzentrieren solle, sein brotloses Germanistik-Studium schnell und erfolgreich abzuschließen, um endlich auf eigenen Füßen zu stehen. Conny war kaum zu Wort gekommen, und es hatte geschlagene 20

Minuten gedauert, bis er die Nacht aus seiner Sicht schildern konnte. Daraufhin hatte sich der Zorn seines Vaters hauptsächlich auf den Polizisten Pollmann konzentriert. Wenn man es recht bedachte, war das gar nicht mal so ungerechtfertigt. Trotzdem war Conny froh gewesen, als er das Haus seiner Eltern schließlich unter einem Vorwand hatte verlassen können. Auch seine Eltern hatten die eigentlich entscheidenden Passagen seines Berichts, die Beobachtung einer vermeintlichen Entführung auf der Promenade, bei all der Aufregung über seinen Alkoholexzess nicht richtig ernst genommen, hatten diese ebenfalls eher für die alkoholgetränkten Einbildungen ihres fantasiebegabten Sohnes gehalten.

Conny schaute aus dem Fenster seines WG-Zimmers, und ihm wurde schlagartig klar: Er musste die Sache selbst in die Hand nehmen. Seine Eltern wären in diesem Fall sicher keine Hilfe. Und auch von der Polizei war keine weitere Hilfe zu erwarten. Am Vormittag hatte er sich noch einmal telefonisch bei der Polizeiwache erkundigt, da hatte ihm dieser genervte Bulle Pollmann noch einmal überdeutlich zu verstehen gegeben, dass seine Kollegen wie erwartet keine Spuren auf der Promenade gefunden hätten. Bei dem Wetter war das nicht einmal unwahrscheinlich.

Was also tun? Als Erstes brauchte er jetzt Unterstützung, jemanden, der ihm glaubte und half, die verschwundene Frau zu finden. Er hatte sich all das nicht eingebildet! Womöglich schwebte die Frau gerade jetzt in Lebensgefahr. Er sah die blutende Kopfwunde wieder vor sich. Weiter mochte Conny in diesem Moment gar nicht denken.

Nachdenklich stand er auf und setzte sich an den Schreibtisch. Sein Blick wanderte über das übliche Arbeitschaos vor ihm. Kreuz und quer lagen hier Bücher, Zettel aus den Seminarveranstaltungen und ein paar Flyer vom nächsten Poetry-Slam, dazwischen Bleistifte und eine Packung Kaugummi. Diese *persönliche Ordnung*, wie er diesen Zustand gerne nannte, sollte er nach der Klausur auch mal wieder in Angriff nehmen. Halbherzig motiviert griff er vier Bücher heraus, um sie ins Regal zurückzustellen. Sein Blick blieb an einem zusammengefalteten Zettel hängen. Er strich ihn glatt. Eine Quittung vom *Fischhaus*. Wo kam die denn her? Schließlich aß er nie Fisch. Er knüllte das Papier wieder zusammen und wollte es ins Schreibtischchaos zurückschnippen, als ihm eine Kritzelei auf der Rückseite auffiel. Ja richtig, die Nummer von der Bullentochter!

Sie war die Einzige, die seinen Schilderungen bislang Glauben zu schenken schien. Ein Lächeln huschte über sein Gesicht. Das sprach eindeutig für sie. Sein Blick wanderte wieder auf den Zettel. Kurz entschlossen tippte er die Nummer ein. Nach wenigen Momenten meldete sich eine junge Frauenstimme:

„Ja, Hallo?"

„Hi, hier ist Conny, der von der Polizeiwache."

„Ach, hallo! Ja, ich weiß schon. Hey, gut dass du anrufst, ich wollte nämlich mit dir sprechen. Wir müssen uns dringend treffen. Wann hast du mal Zeit?", sprudelte es aus Frida heraus.

Conny war völlig überrumpelt. So forsch hatte er sie nicht eingeschätzt. Eigentlich war er gerade dabei gewesen, sich die richtigen Worte zurechtzulegen, um sie zu überzeugen, ihm zu helfen. Dabei war er doch eigentlich sonst nicht auf den Mund gefallen. Aber so sollte es ihm auch recht sein.

„Von mir aus noch heute."

„Ehrlich? Super!" Frida klang erleichtert.

„Hast du heute gegen 17 Uhr Zeit?"

„Geht in Ordnung. Wo?"

„Am Tatort?"

„Welcher Tatort? Wo hast *du* denn die Tat beobachtet?", fragte Conny leicht belustigt.

„Nun sag schon."

„Lass uns einfach um Viertel vor fünf am Schloss treffen. Ich hab da vorher noch ne Vorlesung und von da ist es nicht weit bis zum Tatort," schlug Conny vor. „Okay, bis nachher", schloss Frida und legte auf.

Conny ließ sein Handy auf den Schreibtisch sinken und blickte aus dem Fenster. Das Wetter war noch immer miserabel. Wenn er Frida dazu bringen konnte, ihm zu helfen, dann brauchten sie einen Anhaltspunkt für ihre Suche. Einen Versuch war der Besuch des Tatorts auf jeden Fall wert. Vielleicht erinnerte er sich dort noch an weitere Einzelheiten aus besagter Nacht. Und sie mussten sich beeilen. Die Zeit rannte ihnen davon.

8. Kapitel

Schloss / 16:45

Nachdem Frida mit ihrem Rad die letzten Meter über das Kopfsteinpflaster geruckelt war, stellte sie es vor dem Schloss ab und lief mit eingezogenem Kopf zum Haupteingang. Es schüttete wie aus Eimern. Gut, dass sie noch ihre Regenjacke übergezogen hatte. Ein Schauer war das nicht mehr, eher eine Sintflut, die bereits seit den Morgenstunden niederging. Schlecht gelaunt wrang Frida ihre nassen Haare aus, die die Kapuze nicht hatte schützen können. Mistwetter! Sie trat einen Schritt zur Seite, als die Tür aufschwang und die ersten Studenten hervorquollen, die aus ihren Vorlesungen kamen.

Seufzend blickte sie den Studenten nach, die ihre Räder aufschlossen und durch den Regenschleier nach Hause fuhren. Richtig hell geworden war es heute nicht.

„Hey Frida." Da war er ja. „Es schüttet."

Welch eine Feststellung.

„Ne, Conny, da musst du dich vertun – in Münster regnet es *nie*!", witzelte Frida zur Begrüßung. Er machte keine Anstalten, das schützende Vordach zu verlassen und blickte sie unmotiviert an, die Hände in den Hosentaschen.

„Was tun wir eigentlich, wenn wir am vermeintlichen Tatort sind? Eine echte Sinnlos-Aktion – und das bei dem Wetter. Ich fühl mich schon jetzt wie ein verdammter Hobbydetektiv."

„Es ist ein Anfang. Einen anderen Anhaltspunkt als die Promenade haben wir im Endeffekt nicht."

Ihr gelang nur ein schiefes Lächeln, das sicher nicht besonders glaubwürdig wirkte. Wenn Conny jetzt einen Rückzieher machte, dann … Ja, was eigentlich?

Der Begriff *Sinnlos-Aktion* traf doch eigentlich ins Schwarze. Sie, Frida, spazierte allen Ernstes fröhlich durch den Herbstregen Münsters, neben ihr ein Student, der in betrunkenem Zustand etwas beobachtet hatte, was ihm die Polizei nicht glaubte – und vermutlich auch sonst niemand auf der Welt. Stattdessen könnte sie auch zu Hause sitzen, trocken und mit einem Tee in der Hand, und endlich einmal die Unterlagen für den Debattierwettbewerb durchgehen.

Und dennoch … Seit der besagten Nacht war Isabella unauffindbar und hatte offenbar sogar ein Galerie-Event versäumt. Wo war sie? War ihr das zugestoßen, was Conny beobachtet hatte? Oder war doch alles ein dummer Zufall?

Für das Verschwinden der Ex-Freundin ihres Vaters konnte es schließlich tausend Gründe geben. Exzentrisch genug war Isabella ja. Vielleicht lag sie gerade auf den Bahamas am Strand, während Frida und Conny sich wegen wirrer Hirngespinste eine dicke Erkältung holten.

Aber Conny hatte Blut am Kopf der Frau gesehen. Nein, das alles konnte kein Zufall sein. Frida schauderte innerlich. Sie musste unbedingt verhindern, dass ihr Vater in die Sache hineingeriet. Allein wegen der Geschichte mit der Steuerhinterziehung damals würde er bei der Polizei alles andere als einen glaubwürdigen Zeugen abgeben. Und wenn Peter und seine Leute dann erstmal hinter Papas Streit mit seiner Ex kämen …

Plötzlich fiel Frida etwas ein.

„Ich wollte dir doch noch was zeigen.“ Sie öffnete ihre kleine Umhängetasche und zog vorsichtig das Foto von

Isabella hervor, das sie bei ihrem Vater aus dem Rahmen genommen und eingesteckt hatte. Mit klopfendem Herzen hielt sie es Conny entgegen. „Ist das die Frau, die du in der Nacht gesehen hast?“

Conny nahm ihr das Foto aus der Hand und starrte einige Sekunden auf das Bild.

„Wer soll das sein?“

„Das ist Isabella Tieß. Ich hab dir doch erzählt, dass mein Vater in ihrer Galerie seine Werke ausstellt. Sie scheint seit dem Wochenende verschwunden zu sein.“

Conny sah immer noch auf das Foto. „Ich konnte natürlich ihre Gesichtszüge in der Situation nicht genau erkennen“, murmelte er. „Aber ihre langen lockigen Haare, ihre Statur – ich bin mir ziemlich sicher. Das war sie.“

Frida spürte die Angst in ihrer Magengrube, als sie die Worte aussprach. „Mit dem Wissen müssten wir eigentlich direkt zur Kripo.“

„Die haben mir bisher kein Wort geglaubt, die werden mir auch diesmal nicht glauben. Ich hör schon die Stimme von deinem Stiefvater in meinen Ohren.“ Cornelius verstellte die Stimme. „Herr von und zu Dives – Blondinen gibt es Tausende in Münster.“

„Gut. Aber wenn uns die nächsten Stunden keine Erkenntnisse liefern, gehen wir zur Polizei.“ Frida hatte versucht, ihren Worten einen Ton zu verleihen, der keinen Widerspruch zuließ. Sie griff ihren ziemlich mutlos scheinenden Begleiter am Arm. „Los, komm schon, du Hobbydetektiv. Wir haben nichts zu verlieren.“ Wunderbar, jetzt warf sie auch noch munter mit Floskeln um sich. Und der Regenguss hörte und hörte nicht auf. Wenigstens setzte sich Conny endlich in Bewegung.

Schweigend liefen sie nebeneinander her, vorbei an den weißen Bänken, auf denen sich im Sommer viele Studenten sonnten. Ein Wanderzirkus hatte sein gestreiftes Zelt aufgebaut, auf das der Regen platschte. Die Nässe ließ sogar den Geruch nach Sägespänen und Heu verschwinden, der bei besserem Wetter über dem Schlossplatz gelegen hätte. Bunte Plakate warben mit *weißen Tigern*. Frida dachte daran, wie schnell der Herbst dieses Jahr gekommen war. In ein paar Wochen würden sich genau an dieser Stelle keine durch Reifen springenden weißen Tiger, sondern gefühlte Abermillionen von Reisebussen befinden, um wie jedes Jahr weihnachtsmarktbegeisterte Holländer auszuspucken.

Am Neutor überquerten die beiden eine Ampel und folgten weiter der Promenade, die hier ein kleines Stück hügelan führte – eine Seltenheit im flachen Münster. Schon nach wenigen Metern konnte Frida von hier aus die Kreuzung der Münzstraße mit der Jüdefelderstraße, Münsters Ausgehmeile, gut überblicken. In einem der Eckhäuser befand sich auch die *Davidwache*, die Kneipe also, in der Conny den besagten Abend verbracht hatte.

„Genau hier bin ich auch lang", sagte Conny. „Etwas betrunken und ohne Jacke. Du kennst die Geschichte." Er grinste ein bisschen gequält.

Ein wetterfester Jogger kam ihnen entgegen und spritzte durch eine tiefe Wasserlache.

„Wie kann man eigentlich im Dunkeln die Promenade entlanglaufen?", fragte Frida.

Conny antwortete nicht. Stumm gingen sie weiter.

„Scheiße!" Conny deutete plötzlich mit der Hand geradeaus. Da erst fiel Frida auf, dass sie während des Gehens die ganze Zeit auf den nassen Weg gestarrt haben musste, denn das Rot-Weiß der langen Flatterbänder und Warnbarken der Baustelle, die sich etwa zehn Meter weiter großzügig vor ihnen ausbreitete, bemerkte sie erst jetzt, obwohl es eigentlich kaum zu übersehen war. Sie blinzelte durch den Regenvorhang. Der Asphalt war weiträumig aufgerissen. Drei Bauarbeiter in blauer Berufskleidung und gelben Helmen trotzten tapfer dem unaufhörlichen Niederschlag. Einige Radfahrer in Regencapes mussten absteigen und sich an der schmalen Stelle links des Bauplatzes vorbeiquetschen.

„Die zweihundertste Baustelle Münsters“, murmelte Frida.

„Das war genau die Stelle, an der es passiert ist.“ Connys Stimme klang verzweifelt. „Das ist das Ende unserer sowieso nutzlosen Eigenrecherche, hier findet doch keiner mehr was!“

„Seien wir ehrlich. Was haben wir überhaupt erwartet? Glaubst du … – he! He, wart mal. Conny!“

Mit schnellen Schritten war der aber schon an der Absperrung angelangt. Er lehnte sich über das Flatterband und offenbar brüllte er den Männern etwas zu, das Frida durch Motorenlärm und Regengeprassel aber nicht verstehen konnte. Genau so schien es auch dem Bauarbeiter zu gehen, der in Connys Nähe den Asphalt mit einem Presslufthammer aufriss.

Was zum Teufel hatte Conny denn vor? Er glaubte doch nicht im Ernst, dass die Bauarbeiter sich auf Diskussionen einließen und er sich innerhalb des abgesperrten und aufgerissenen Bereichs ihrer Baustelle umschauen durfte!

Frida blieb stehen. Er würde doch nicht … Doch, er würde. Conny war schon unter dem Absperrband hindurch und ergriff unsanft die Schulter des Bauarbeiters, der fluchend einen Satz zur Seite machte, sein Gerät ausschaltete und sich den Lärmkopfhörer herunterriss. Frida verstand Wortfetzen wie „den Verstand verloren", „zu Tode erschreckt" und „hier nichts zu suchen". Dann beschimpften die beiden einander lautstark. Als Frida Conny die Fäuste ballen sah, wusste sie, dass die Situation zu eskalieren drohte. Also hastete sie los, kletterte ebenfalls unter der Absperrung hindurch. Ihr Herz schlug bis zum Hals. Das alles war Wahnsinn!

„Conny", rief sie, „komm mit!" Er reagierte kaum. Sie griff seine Hand, die nass vom Regen war. Erst schob, dann zog sie ihn mit all ihrer Kraft zur Absperrung.

„Los, verschwindet", schrie der Arbeiter. „Ich will euch hier nicht mehr sehen!"

Außerhalb des Absperrbandes zerrte Frida den widerstrebenden Conny an der Baustelle vorbei. „Wirst du immer so schnell aggressiv? Mensch, so was kann man doch auch sachlich angehen!", fuhr sie ihn an, als sie endlich einige Meter Abstand vom wütenden Bauarbeiter gewonnen hatten.

„So was kann man doch auch sachlich angehen", äffte Conny sie entnervt nach. Jetzt klangen die Worte auch in Fridas eigenen Ohren auf einmal albern. Sie ärgerte sich. Was für eine bescheuerte Situation.

„Es war unsere letzte Chance", sagte Conny. Über sein Gesicht lief der Regen. Im selben Moment schien er zu bemerken, dass sie seine Hand noch immer fest umklammerte, ließ sie unvermittelt los und stiefelte weiter. Frida stolperte verlegen hinter ihm her, suchte fieberhaft nach Worten.

„Conny, die Arbeiter graben gerade die halbe Promenade um." Sie musste fast lachen, so absurd schien ihr das

Ganze plötzlich. „Nichts hätten wir gefunden." Sie blieb stehen und blickte ihn an. „Rein gar nichts."

Conny starrte zurück. „Haben wir denn überhaupt keinen anderen Anhaltspunkt als die verdammte Promenade?"

Doch in Frida glomm noch ein kleiner Funke Hoffnung. Sie kramte in ihrer Tasche, ihre Finger stießen auf klingendes Metall. „Doch, den haben wir!"

Zögernd zog sie die Galerieschlüssel ihres Vaters hervor, die sie am Vormittag mit klopfendem Herzen in ihre Jackentasche hatte fallen lassen. Was machte diese ganze verrückte Geschichte aus ihr?

Sie ließ den Bund vor Cornelius' Augen baumeln.

„Die hier hab ich in Papas Wohnung …" Sie stockte.

„Galerie Tieß Art", las Conny, der ihr den Bund aus der Hand genommen und das Emblem des Schlüsselanhängers entdeckt hatte. „Ich glaub's nicht! Du hast die Schlüssel von deinem Alten geklau … äh – entwendet", verbesserte er sich. „Ich dachte, du bist ne Brave. Aber wieso dein Vater ausgerechnet die Schlüssel für diese Galerie hat, das musst du mir mal erklären!"

Frida ging nicht darauf ein. „Später!" Sie hatte auf dem Absatz kehrtgemacht und winkte ihrem Begleiter, ihr zu folgen.

„Was wohl unser Lieblingspolizist dazu sagen würde!", rief Conny hinter ihr her.

Frida überging Connys Sticheleien und bemühte sich um einen möglichst lässigen Ton: „Wir holen die Räder und fahren zur Galerie. Wenn wir doch noch irgendwo weiterkommen, dann dort."

Vier Minuten später saßen beide auf den nassen Sätteln ihrer Räder. Der Regen hatte endlich aufgehört und in den unzähligen Pfützen des Kopfsteinpflasters spiegelten sich die Wolken, durch die gelegentlich sogar die Sonne lugte.

„Hier ist es." Frida erkannte sofort einige Skulpturen ihres Vaters im Fenster der Galerie. Ein schnörkeliges Aushängeschild wies auf die Besitzerin hin: *Isabella Tieß. Galerie für Gegenwartskunst.*

Im Schaufenster waren außerdem einige Broschüren ausgelegt. *„Zwischen Raum und Enge. Skulpturen und Plastiken von Jürgen Weber"*, las Conny vor. „Jürgen Weber? Das ist also dein Vater, richtig? Dann bist du die Tochter eines berühmten Gegenwartskünstlers?"

Frida konnte nicht heraushören, ob er sich lustig machte. „Das hast du jetzt gesagt", murmelte sie deshalb und kramte in ihrer Tasche.

„Das erklärt jedenfalls einiges", meinte Conny und deutete auf den Schlüssel, den Frida hervorholte.

Sie steckte ihn ins Schloss. Ihre Hände waren vor Aufregung plötzlich ganz kalt. Zögerlich drehte sie einmal, zweimal. Die Tür sprang auf. Vor wenigen Minuten war sie sich noch sicher gewesen, dass sie das Richtige taten; nun schlug ihr das Herz bis zum Hals – noch schlimmer als vor der letzten Matheprüfung. Innerlich zerrissen zwischen schlechtem Gewissen und dem Drang, herauszufinden, was hier eigentlich los war, kam sie sich vor wie eine Straftäterin. Scheu blickte sie noch einmal die Straße entlang. Doch die war menschenleer.

„Keinen Rückzieher jetzt." Conny hatte wohl gemerkt, dass sie am liebsten kehrtgemacht hätte.

„Wir steigen hier einfach so ein – das ist dir schon klar?", murmelte sie.

Doch ehe Frida sich wirklich entschieden hatte, ob sie nun tatsächlich Hausfriedensbruch begehen sollte, hatte Conny sie schon etwas unsanft über die Schwelle der Galerie geschoben. Unbeweglich stand sie im Halbdunkel des Raumes, und die Tür fiel hinter ihnen ins Schloss.

Auf den ersten Blick wirkte die Galerie beinahe so unaufgeräumt wie die neue Wohnung ihres Vaters in Roxel. Frida blickte sich um. Vielleicht war das ja typisch für die Kunstbranche. Überall standen Bilder und halbgroße Figuren aus Holz und Stein, auf dem Boden verstreut lagen Werbeplakate. Auf einem kleinen Tisch stand sogar noch ein halbvoller Kaffeebecher.

„Meine Güte, so ein Chaos hätte ich der ja nun nicht zugetraut." Frida tat ein paar vorsichtige Schritte in den Raum hinein und drehte sich dann zu Conny um, der bereits eine der Plastiken in Türnähe inspizierte. „Sie ist übrigens die Ex meines Vaters. Und eigentlich die Eleganz in Person. Immer schick gekleidet – Kostümchen, teures Parfüm und so."

„Seine Ex? Na, es gibt sicher auch elegante Messies", murmelte Conny, der nun auch die anderen Skulpturen genauer betrachtete.

Frida hob mit spitzen Fingern einen halbvollen Aschenbecher an, strich ein Poster glatt, das darunter gelegen hatte und hielt es dann Cornelius unter die Nase. „Galerie Tieß Art präsentiert: *Zwischen Raum und Enge. Jürgen Webers Arbeiten zum Motiv der Kleinstadt*" stand darauf.

„Die Vernissage ist nächste Woche." Conny deutete auf ein Datum, das auf die untere rechte Ecke des Plakats gedruckt war.

„Heißt: Wenn die Tieß nicht auftaucht, kann Papa seinen großen Tag wahrscheinlich vergessen", stellte Frida fest.

„Ist die Skulptur von deinem Vater?“ Conny blieb vor einem Kunstwerk stehen. „Gefällt mir. Ist das eine Katze?“

„Eine Katze?“ Frida fing an zu lachen – zum ersten Mal heute, wie sie feststellte.

„Klar, schau doch: Eine Katze, die sich streckt. Hier sind die Ohren.“ Er deutete auf zwei unförmige Dreiecke. Frida kicherte. „Hast Recht. Aber Papa macht eigentlich keine Tierskulpturen. Seine aktuelle Serie heißt *Enge der Kleinstadt.*“

„Damit meint er doch hoffentlich nicht Münster?“ Conny sah Frida ungläubig an, und beide brachen in Gelächter aus.

Plötzlich erstarrte Conny. „Scheiße.“

„Was …?“

„Da kommt jemand. Ich glaub, der will hier rein!“, zischte er. Frida stand völlig verdutzt da. Doch mit einem Blick durchs Fenster erkannte sie die Ursache für Connys Hektik: Unmittelbar vor der Tür der Galerie hatte ein Taxi geparkt. Ein Mann stand mit dem Rücken zu ihnen und wühlte mit einer Hand im Kofferraum herum, in der anderen hielt er einen Regenschirm. Es hatte wohl wieder angefangen zu regnen. Frida entdeckte außerdem vor dem Schaufenster eine Kiste, die er gerade dort abgestellt haben musste. „Mist, du hast Recht!“ Vor Schreck war sie unfähig, auch nur einen weiteren Gedanken zu fassen.

Da packte Conny sie unsanft, sah sich schnell im Raum um und drängte sie in Richtung eines Plakataufstellers. „Die Schlüssel, schnell!“, forderte er. Frida sah ihn verständnislos an. Was um alles in der Welt wollte er mit den Schlüsseln? Aber schon riss Conny ihr den Bund aus der Hand und rannte in den vorderen Teil der Galerie. Nur die letzten Meter zur hölzernen Tür schlich er auf Zehenspitzen. Dort angelangt, schloss er sie hastig von innen ab, ohne den Blick vom Fenster abzuwenden. Dann spurtete er zurück zu Frida, die sich hinter den Pappaufsteller zurückgezogen hatte. Kaum war er bei ihr angekommen, hörten sie draußen auch schon Schlüssel klappern.

Da erst ging Frida auf, warum Conny das Risiko eingegangen war, entdeckt zu werden. Wäre die Tür zur Galerie unverschlossen gewesen, dann hätte das den Mann sicher alarmiert. So aber bestand immerhin die Möglichkeit, dass sie nicht sofort entdeckt würden.

„Wir hätten hier nicht einfach einbrechen dürfen." Frida merkte, dass ihre Stimme zitterte. „Das gibt Ärger!"

„Wir sind nicht eingebrochen, du hattest einen Schlüssel. Und jetzt Ruhe, beweg dich nicht, das ist unsere einzige Chance."

Plötzlich fühlte Frida ein schwummeriges Gefühl im Magen, als hätte sie einen Eiswürfel verschluckt. Aufgeregt stieß sie Conny mit ihrem Ellenbogen an. „Unsere Fußabdrücke!"

Sie lugten vorsichtig hinter dem Aufsteller hervor. Tatsächlich hatten ihre nassen Schuhe und Jacken direkt am Eingang einige Spuren hinterlassen. Schnell zogen sie ihre Köpfe wieder zurück, noch ehe der Mann die Galerie betrat. So konnte Frida nur einen kurzen Blick auf ihn werfen: Er war ganz in Orange gekleidet, trug eine karierte Schirmmütze und hielt sein Handy ans Ohr.

„Gottchen, alles muss man alleine machen!", hörten sie ihn sagen, während sie sich rasch hinhockten und hinter dem Aufsteller aneinanderdrängten. „Da frage ich mich manchmal wirklich, wie das alles ohne mich gehen würde."

Frida biss sich auf die Lippe. Bitte, bitte, bitte, lass ihn nicht …

Sie streckte sich ein Stück, bis der Eingangsbereich in ihrem Blickfeld lag. Der Mann trug gerade die Kiste in die Galerie, die eben noch vor dem Fenster gestanden hatte. Er stellte sie ab und begann ungeschickt mit beiden Händen an seinem Schirm herumzuhantieren, sodass sich weitere Tropfen auf dem Boden verteilten. Sein Handy hatte er zwischen Ohr und Schulter eingeklemmt, und das andere Ende der Leitung schien derweil laut auf ihn einzureden. Einen Augenblick später aber hatte der Mann den Regenschirm geschlossen und stopfte ihn entnervt in einen Schirmständer. Die Spuren um ihn herum, die nicht von ihm stammten, schien er nicht bemerkt zu haben. Frida atmete auf und zog sich zurück. Er war wohl zu sehr abgelenkt gewesen. „Glück gehabt", flüsterte sie Conny zu.

Der Mann durchquerte den Raum und begann, einen Papierstapel auf dem Tresen im hinteren Teil des Raumes zu durchwühlen,

Conny blickte Frida an. „Kennst du den?", wisperte er.

„Das ist Hugo, Isabellas Assistent. Mist, ich hätte dran denken müssen, dass der hier aufkreuzen kann." Frida hatte Hugo erst einmal gesehen. Sie wusste nicht viel über ihn, nur, dass er ein Szene-Insider und homosexuell war. Außerdem hielt ihr Vater große Stücke auf ihn. „Isabellas Hugo versteht was von Kunst", hatte Papa neulich noch anerkennend behauptet. Und dass er, Jürgen, bestimmt auch so erfolgreich sein würde, wenn er wie Hugo ein Kunststudium in Paris absolviert hätte. Frida spürte, dass Conny neben ihr den Atem anhielt. Hugo knallte hastig den Blätterstapel wieder auf den Tresen. Seine Stimme näherte sich. Er kam in ihre Richtung!

„Ich find das Zeug nicht, verdammt."

Von ihrem Versteck aus konnten sie nicht sehen, was

der unerwartete Besucher nun im hinteren Teil der Galerie tat. Auf keinen Fall aber wollte Frida von ihm überrascht werden, wie sie hier wie zwei klitschnasse Kleinkriminelle auf dem Boden hockten. Also fasste sie all ihren Mut zusammen und lugte hinter dem Aufsteller hervor. Achtlos drängte sich Hugo gerade an der Katzen-Plastik vorbei, die erst wankte, dann langsam aus dem Gleichgewicht geriet und schließlich mit einem dumpfen Aufprall zu Boden fiel. Dabei riss sie den Schirmständer mit sich, der scheppernd durch den Raum kullerte. Frida zog hektisch ihren Kopf zurück.

Sie konnte es nicht fassen. In was für eine Lage hatte sie Cornelius und sich nur gebracht?

„Nein, keine Sorge, nichts passiert, das war nur ein Aktenordner. Nein, keine Skulptur zu Bruch gegangen. Wo denkst du hin? Was für ein Chaos hier …" Hugo war nun ganz in ihrer Nähe. „Ja, du hast ja Recht, sie muss verschwinden!" Dem Rascheln zufolge schien er seine Aufmerksamkeit nun einem zweiten Stapel Papiere zu widmen. Durchgesehene Blätter, die er flüchtig zur Seite wischte, segelten zu Boden.

Frida und Conny sahen sich an. *Sie muss verschwinden?* Keiner von beiden wagte sich zu bewegen. Frida schloss die Augen.

„Wir lassen sie verschwinden, besser heute als morgen", wiederholte Hugo. Er klang von Satz zu Satz aufgebrachter. „Ansonsten kann ich für nichts garantieren. Das Wasser steht uns jetzt schon bis zum Hals." Seine Stimme entfernte sich. „Aber zuerst muss ich das Zeug suchen. Hier herrscht so ein Durcheinander! Es hat keinen Sinn. Am besten treffen wir uns morgen erst mal um zehn Uhr im *fyal*. Da besprechen wir alles Weitere. Ich werd bis dahin …" Ein

Rasseln und die Tür fiel ins Schloss. Der Schlüssel wurde herumgedreht. Das Ende von Hugos letztem Satz wurde vom Lärm eines Autos verschluckt, das über das Kopfsteinpflaster fuhr. Hugo war weg. Sie waren wieder allein.

Noch einen kurzen Moment verharrten Frida und Conny regungslos in ihrem Versteck, bevor Cornelius sich aufrichtete und Frida seine Hand entgegenstreckte. Sie ergriff sie und zog sich hoch. Ihre Beine fühlten sich an wie Wackelpudding.

„Das war knapp." Conny grinste etwas schief.

„Die wollen jemanden verschwinden lassen!", brach es aus Frida heraus, als sie ihre Stimme wiedergefunden hatte. „Meinst du, Hugo hat damit Isabella gemeint?"

Sie sah an seinem Gesichtsausdruck, dass Cornelius dasselbe gedacht haben musste.

„Oh Mann, ich hab doch keine Ahnung. Aber hier ist etwas gewaltig faul. Das ist wohl klar."

„Und ich will gar nicht wissen, was mein Vater damit zu tun hat." Bei dem Gedanken wurde ihr übel. Auf einmal schien ihr die Luft in der Galerie so stickig, dass sie Atemnot bekam. „Ich will hier raus!"

Beide durchquerten vorsichtig den Raum, stiegen über die losen Blätter, die Hugo überall verteilt hatte. Die Kunstwerke schienen Isabellas Assistenten herzlich egal gewesen zu sein. Soweit Frida es beurteilen konnte, waren alle Skulpturen noch da. Nur die Katzen-Statue lag noch auf dem Boden. Wenn es überhaupt eine Katze war.

Cornelius ging in die Hocke und stellte sie behutsam wieder auf. Als er sich aufrichtete, hielt er ein Stück Papier in der Hand. „Schau mal!"

Frida beugte sich über den Zettel und entzifferte langsam die Verse in Schreibschrift.

„Du, einst zart und doch so fest, / mein Wille dich jetzt betteln lässt. / beschränkte, wirre Worte quellen, / wie willst du zitternd jetzt dein Urteil fällen?“, las sie halblaut vor. „Was bedeutet das?“

„Klingt irgendwie beunruhigend“, murmelte Cornelius.

„Ich nehm‘ das mit. Aber vor allem will ich jetzt aus dieser Galerie raus!“ Frida war heute nicht mehr in der Lage, über vermeintliche Hinweise in diesem immer verworreneren Fall nachzudenken, in den sie da hineingeraten waren.

Vor der Tür atmete sie tief durch und starrte angestrengt in den grauen Himmel, während Conny den Schlüssel im Schloss umdrehte.

„Zweimal abschließen, sonst fällt‘s auf!“

„Gut aufgepasst!“ Er nickte anerkennend. „He, jetzt guck mal nicht so böse! Ist doch alles gutgegangen. Er hat uns nicht bemerkt.“ Er lächelte ihr ermutigend zu. „Vorschlag: Wir fahren jetzt beide nach Hause und treffen uns morgen im *fyal*. Wäre doch gelacht, wenn wir nicht rauskriegten, was da läuft. Und mit wem.“

Frida lächelte schwach zurück. „Hast du vergessen, dass Schüler im Gegensatz zu Studenten einen geregelten Vormittag haben? Außerdem kennt Hugo mich vom Sehen. Den nächsten Detektiveinsatz musst du ausnahmsweise alleine durchführen.“

Sie gingen zu den Rädern.

„Aber sims mir alle Neuigkeiten sofort.”

„Wird gemacht.”

„Versprochen?“

„Heiliges Indianer-Ehrenwort“, sagte Conny und hielt grinsend zwei Finger in die Luft.

„Na dann, viel Glück!“, verabschiedete sich Frida und trat in die Pedale.

Ein leichter Wind wehte und trieb Blätter über den Gehweg. Ein Kaninchen, das sich in die Stadt verirrt hatte, hoppelte hastig über das Kopfsteinpflaster und verschwand mit einem Satz im undurchsichtigen Unterholz eines anliegenden Gartens.

9. Kapitel

ULB Münster / Haupteingang / 17:57

Es ist erst kurz vor 18 Uhr, doch es wird bereits dunkel. Schon den ganzen Tag hält ein stürmisches Tief Münster fest im Griff. Kein einziger heller Strahl des Tageslichts hat es durch die triste Wolkendecke geschafft, die über der Stadt liegt. Die schweren Wolken hängen tief, fast so, als wollten sie die Stadt erdrücken. Stetig geht ein feiner Nieselregen nieder, der alles mit einem undurchdringlichen Schleier aus feinen Tröpfchen umhüllt.

Er huscht die letzten Stufen hoch und hebt seinen Blick unter der Kapuze hervor. Als erstes sieht er die großen Lettern, wie schon an so vielen Tagen zuvor. Ihr kräftiges Rot sticht grell aus dem Grau der Umgebung hervor, geradezu surreal und aufdringlich. Menschen sickern durch den Haupteingang der Universitäts- und Landesbibliothek, gehen ein und aus, ohne zu beachten, was die mannshohen Buchstaben über ihren Köpfen verkünden. *Gehorche keinem.*

Die Heuchelei frustriert ihn. Nicht eine dieser Marionetten, die tagein, tagaus das Gebäude betreten und wieder verlassen, beherzigt diese Worte. Alle folgen dem einen oder anderen Zwang, sei er selbst auferlegt oder nur hörig akzeptiert.

Sapere aude. Ein bitteres Lächeln umspielt seine Lippen. Er hat es gewagt, endlich. Sich seines eigenen Verstandes bedient. Er weiß nun, dass die Größe seiner Idee auch große Taten fordert. Aus dieser verknöcherten Welt finden die Marionetten nicht allein den wahren Ausgang. Doch *er* wird sie mündig machen. Er wird ihnen den Weg zeigen.

Er spürt, wie der feine Regen sich allmählich doch zu größeren Tropfen ansammelt. Seine Jacke saugt sich voll und wird immer schwerer. Mit der Nässe gelangt auch die Herbstkälte bis auf seine Haut.

Ein Schauer überläuft ihn, doch seine innere Erregung hält ihn warm. Schließlich gibt er dem Drang nach und steuert auf die Drehtür zu, die soeben einen jungen Mann freigibt. Dieser geht einen Schritt zur Seite und dreht sich zu einem Mädchen um, das nun mit dem nächsten Schwung der Tür nach draußen tritt.

„Ich sag dir, die ist so dumm. Ehrlich. IQ von 50 – und Knäckebrot hat 70."

Er schaut sich halb zu den beiden um. Sie kramt plappernd in ihrer Tasche. Ihr Begleiter steht kaugummikauend neben ihr, lacht affektiert und erwidert etwas.

Doch die Worte dringen nicht zu ihm durch. Er hört nur das Blut in seinen Ohren rauschen. Wieder steigt diese sengende Hitze in ihm hoch, die seine Selbstkontrolle schon einmal zum Schmelzen brachte.

Ein schönes Paar – was für eine schöne Ergänzung zu seinem persönlichen Projekt.

„Sie hier? Haben Sie noch persönliche Gegenstände im Büro vergessen? Ich hatte Frau Marksen gesagt, dass sie das überprüfen soll. Hat sie etwas übersehen?"

Die rüde Stimme reißt ihn aus seinen Überlegungen. Ohne Verständnis für dieses hohle Geschwätz blickt er zum Eingang der ULB – und sieht sich ausgerechnet dem Mann gegenüber, der ihn wegrationalisiert hat. Er starrt den untersetzten Herrn mit schütterem Haar an – und schlagartig ist ihm klar, dass die beiden anderen nicht mehr in Frage kommen. So attraktiv auch die Herausforderung und so verlockend auch der damit verbundene

Gewinn für sein Projekt sein mochte – in diesem Moment entscheidet er sich um.

Die Augen seines ehemaligen Vorgesetzten verraten eine Mischung aus Irritation und Geringschätzung. Die ausbleibende Antwort scheint dem Personalverantwortlichen Bestätigung genug zu sein für sein schnelles Urteil über den ehemaligen Angestellten.

„Nun ja, ich wünsche Ihnen weiterhin noch viel Erfolg. Ich bin mir sicher, dass Sie schnell eine neue Aufgabe für sich finden werden. Auf Wiedersehen!" Mit einem gönnerhaften Nicken und in geduckter Haltung entfernt sich der Herr, der sich immer schon für etwas Besseres gehalten hat: der werte Dr. Große-Everkamp.

Wieder spürt er den kalten Regen, doch sein Puls rast, alles glüht. Diese Begegnung ist das Zeichen, auf das er gewartet hat. Er verfolgt seinen alten Chef mit einem scharfen Blick aus leicht zusammengekniffenen Augen.

„Das habe ich schon", murmelt er, und sein Mund verzieht sich zu einem höhnischen Lächeln. „Das habe ich schon."

10. Kapitel

Dienstag / Linie 1 Richtung Roxel / 08:05

An der Haltestelle Münzstraße stieg Frida in die Linie 1 Richtung Roxel und ließ sich auf einen freien Platz sinken. Sie fühlte sich unausgeschlafen und erschöpft. Nachts war sie trotz dumpfer Müdigkeit bestimmt dreimal aufgewacht, hatte sich von der einen auf die andere Seite gedreht und versucht, ihren Kopf frei zu machen. Sie war aufgestanden, hatte aus ihrem Zimmerfenster in die Dunkelheit gestarrt. Aus dem Bett getrieben hatte sie die ohnehin schon unangenehme und – Frida sagte es sich in regelmäßigen Abständen zur eigenen Beruhigung immer wieder – auch ziemlich paranoide Vorstellung, dass ihr Vater gerade vielleicht verzweifelt die gesamte Wohnung nach den vermeintlich verlorengegangenen Schlüsseln absuchte und seine Tochter verdächtigen könnte, sie entwendet zu haben. Doch nicht nur ihr schlechtes Gewissen hatte sie um den Schlaf gebracht. Ihre Sorge wurde nämlich von der bohrenden Angst überstrahlt, dass ihr Vater womöglich selbst in Isabellas Verschwinden verwickelt war. Dass er seine Kunst überhaupt in einer Galerie ausstellte, die allem Anschein nach etwas zu verbergen hatte, war ein beklemmender Gedanke.

Frida ging Hugos Satz einfach nicht aus dem Kopf. *Sie muss verschwinden.* Mit wem zum Teufel hatte der Galerieassistent telefoniert? Und worum war es in der Auseinandersetzung zwischen Isabella und ihrem Vater gegangen, von der er bei ihrem letzten Besuch andeutungsweise gesprochen hatte?

Frida warf einen Blick auf die Armbanduhr. Kurz nach acht. Sie hatte knapp zwei Stunden Zeit, mit Papa einen Kaffee zu trinken, dabei vielleicht unauffällig irgendetwas aus ihm herauszuquetschen und – das Wichtigste – unauffällig Schlüsselbund und Foto wieder loszuwerden, bevor die Doppelstunde Französisch beginnen würde.

Hoffentlich würde sie den Unterricht später lebend überstehen und nicht vor Ungeduld sterben, weil Cornelius womöglich nicht simste, was genau zu dieser Uhrzeit im *Fyal* vor sich ging. Am besten setzte sie sich direkt ans Fenster – der einzige Ort, an dem man im Funkloch namens Schule Empfang hatte.

„Die Fahrscheine bitte!"

Frida wühlte in ihrer Tasche, fand endlich ihr Portemonnaie zwischen den vielen Büchern und Heften, zog einen ganzen Stapel davon heraus und zeigte ihr Schülerfahrticket vor. Die Kontrolleurin nickte kurz und wandte sich ab. Frida faltete auseinander, was sie gleichzeitig mit dem Fahrausweis hervorgezogen hatte: Es waren Isabellas Foto und der Papierschnipsel mit den merkwürdigen Versen darauf, die Conny und sie gestern aus der Galerie hatten mitgehen lassen. Sie hielt beides nebeneinander. Gab es eine Verbindung?

Du, einst zart und doch so fest, / mein Wille dich jetzt betteln lässt.

Die Zeilen klangen düster, unheimlich, nicht zu deuten.

Frida unterdrückte ein Seufzen, als sie beides wieder in die Jackentasche steckte. Ihr eigenes Verhalten der letzten Zeit gefiel ihr gar nicht. Herumgeschnüffelt hatte sie und Sachen mitgenommen, die ihr nicht gehörten, sich in Dinge eingemischt, die sie nichts angingen. Dabei wurden Offenheit und Ehrlichkeit in ihrer Familie seit jeher groß geschrieben. Insbesondere ihre Mutter legte großen Wert darauf. Trotzdem hatte Frida sie heute Morgen zum wiederholten Male angelogen, als Mama sie mit dem Taxi hatte zur Schule mitnehmen wollen. „Ich treffe mich im Bus mit einer Freundin. Zum Quatschen." Auch diesmal musste Mama nicht unbedingt wissen, dass ihre Tochter zum zweiten Mal in dieser Woche ihren Vater besuchte – und vor allem nicht, wieso …

Fünf Minuten, nachdem sie an der Roxeler Haltestelle ausgestiegen war, stand Frida vor der Haustür ihres Vaters. Er brauchte erstaunlich lange, um ihr die Tür zu öffnen.

Frida winkte mit der Bäckereitüte voller Croissants.

„Frühstück, Papa. Überraschung!" Sie hatte erwartet, Jürgen mindestens noch im Bademantel anzutreffen, war eigentlich das Risiko eingegangen, ihn aus dem Bett klingeln zu müssen. „Morgenstund ist ungesund! Vor allem für Kreative", pflegte er stets munter zu erklären. Aber heute trug ihr Vater bereits eine Jeans und eins seiner karierten Arbeitshemden, in der Hand hielt er einen Becher Kaffee. Frida glaubte, einen Anflug von Nervosität in seinem Gesicht zu entdecken, den sie noch nie an ihrem Vater wahrgenommen hatte. Hektisch, das war er grundsätzlich, chaotisch und rastlos. Aber nervös?

„Was machst du denn schon wieder hier?" Welch nette Begrüßung.

„Hab Frühstück mitgebracht", wiederholte Frida betont heiter und drängelte sich an ihm vorbei in den Hausflur. „Und du? So früh schon auf den Beinen?"

„Hab später noch eine Verabredung", murmelte Jürgen. „Schnullerbacke, unheimlich lieb mit den Croissants, aber das passt jetzt eigentlich nicht so gut. Hab gerade noch im Atelier zu tun."

„Ich dachte, deine Kreativität …“

„Die beginnt heute schon mal früher“, unterbrach sie ihr Vater, schritt an ihr vorbei und steuerte auf die Treppe zu, die zum Atelier im ersten Stock führte. Auf dem ersten Absatz drehte er sich noch einmal um. „Nimm dir gerne einen Kaffee, aber ich hab nicht viel Zeit, muss eine Menge erledigen.“ Und etwas leiser fügte er hinzu: „Aber wenn Isabella nicht in den nächsten Tagen auftaucht, sieht’s für meine Vernissage ohnehin düster aus.“

Daher wohl die Nervosität.

Ohne ein weiteres Wort verschwand Fridas Vater in Richtung seiner heiligen Arbeitsstätte. Wie immer knarrten die letzten beiden Stufen unter seinem Gewicht.

Dann also jetzt. Diese günstige Gelegenheit konnte Frida nicht ungenutzt lassen. Sie lief ins Wohnzimmer, öffnete die oberste Schublade der hölzernen Kommode und ließ den Galerieschlüssel hineinfallen. Die erste Mission war vollbracht.

Mit fahrigen Fingern nahm Frida den leeren Fotorahmen aus der Schublade, schob das Foto hinein und warf einen letzten Blick darauf. Isabella zeigte unbeirrt ihr Zahnpastalächeln.

Frida legte das eingerahmte Bild auf die Kommode und hoffte, dass es nun so da lag, wie sie es gestern vorgefunden hatte. Man konnte nie wissen, ob hinter Jürgens Chaos nicht doch ein ungeahntes Ordnungssystem steckte.

Unverhofft kommt oft, dachte Frida. Foto und Schlüssel so schnell wieder loswerden zu können – damit hatte sie nicht gerechnet. Mit noch etwas weichen Knien schloss sie für einen Moment die Augen und atmete tief durch. Alles wieder auf Null. Als wäre nichts geschehen, versuchte sie sich einzureden, auch wenn ihr völlig klar war, dass eigentlich nichts in Ordnung war. Daran konnte auch dieser Versuch, die Wahrheit zu verbiegen, nichts ändern. Aber vielleicht würde ja ein Schluck Kaffee helfen, die Nerven zu beruhigen.

In der Küche fand Frida noch eine einzige saubere Tasse und goss Kaffee hinein, obwohl sie das Koffeingebräu ihres Vaters immer viel zu stark fand. Aber wenigstens war der gut gegen ihre Müdigkeit. Und auch das kalte Gefühl in ihrem Bauch vertrieb er ein wenig.

Gestärkt folgte sie ihrem Vater ins Atelier. An schönen Tagen war der Raum sonnendurchflutet, doch aufgrund der Dunkelheit des frühen Herbstmorgens brannte ein scheußlich künstliches Neonlicht. Auf eine seltsame Weise passte es nicht zu der Bildhauerei ihres Vaters. Zu ihrer Verwunderung werkelte Jürgen aber gar nicht an einer der Plastiken, als sie den Raum betrat, sondern saß an seinem kleinen Schreibtisch, der beinahe in einem Wust von Zetteln und Papieren unterging. Konzentriert tippte er in die Tasten seines Laptops.

„Doch ein Croissant, Papa?"

Ihr Vater blickte ungehalten auf. „Riecht unheimlich gut. Ich esse es später, okay?"

„An was arbeitest du gerade?" Mit dieser Frage hatte sie seine Aufmerksamkeit normalerweise sicher. Ihr Vater liebte es, ausschweifend von der eigenen Kunst zu erzählen. Doch Jürgen murmelte nur etwas Undeutliches und bearbeitete weiter die Tastatur seines Laptops.

Frida begann, durch das Atelier zu spazieren. Sie hatte sich schon länger nicht mehr so genau mit den Werken ihres Vaters beschäftigt wie in dieser Woche. Einige Arbeiten waren ihr vertraut und manche waren ihr neu, aber sie schienen alle Teil der Serien zu sein, die sie schon kannte.

Ein bisschen grinsen musste sie, als sie an die Katzen-Figur dachte, die Conny so gut gefallen hatte.

„Gehören zur Serie *Enge der Kleinstadt* eigentlich auch Tiere?"

Nun zeigte sich echte Verwunderung auf Jürgens Gesicht, als er aufblickte. „Nein, Tiere gehören grundsätzlich nicht zu meinen Motiven. Zu konkret. Ich bilde lieber Stimmungen ab. Gefühle, Empfindungen. Hey, so viel Interesse an meiner Kunst kenn ich ja sonst gar nicht von dir, Fridalein."

Na wunderbar. Es fiel schon auf. Aber Papa schien keine Rechtfertigung ihrerseits zu erwarten; er hatte seinen Kopf schon wieder zum Bildschirm gesenkt.

Frida setzte ihren Rundgang durch das Atelier fort. Auf einmal bemerkte sie zwei etwa einen halben Meter hohe Skulpturen. Sie hätte nicht sagen können, was sie darstellten, so unförmig waren sie. Sie trat näher, um eins der Kunstwerke zu berühren. Seine Außenseite fühlte sich rau und steinern an, als sie mit der Hand darüberfuhr. Frida fragte sich, ob dies wohl handelsüblicher Stein war, waren beide Skulpturen doch von einer bemerkenswert hellen Farbe, fast weiß strahlten sie. Schade, dass sie als Künstlertochter nicht mehr Ahnung hatte. Erneut strich sie über die kalte Oberfläche. Seltsam. Ihr Vater arbeitete in letzter Zeit vorzugsweise mit Holz und Ton. Manchmal benutzte er Bronze oder Draht. Aber Stein? „Zu schwer, Kunst aus Stein kauft niemand." Sie erinnerte sich, diese Worte irgendwann von ihrem Vater gehört zu haben.

Offenbar gab es also doch bemerkenswerte Neuerungen.

Sie schritt um die Skulpturen herum. Hinter ihnen, an der Wand des Ateliers, hing eine großformatige Pinnwand, an der einige Bilder steckten. Es waren Fotoaufnahmen derselben Statuen, die augenscheinlich von allen Seiten aufgenommen worden waren. Auch eine Art Info-Flyer war dabei. Frida legte den Kopf schief, um die Überschrift zu lesen. Sie hatte sich doch gedacht, dass diese Skulpturen aus einem besonderen Material waren.

„Ich wusste gar nicht, dass du mit Ibbenbürener Sandstein arbeitest?"

Bildete sie es sich ein, oder war ihr Vater leicht zusammengezuckt? Mit einem Knall klappte er den Laptop zusammen und hätte beim raschen Aufstehen fast seine Kaffeetasse fallen lassen.

„Es reicht jetzt, Frida." Seine Stimme klang schroff und irgendwie zu laut. Wann hatte sie ihren Vater das letzte Mal laut erlebt? „Ich hab im Moment wirklich keine Zeit, einem Laien meine Arbeit zu erklären. Sonst willst du doch sonst auch nichts darüber wissen."

„Ist ja schon gut." Sie wunderte sich über Papas Gereiztheit, darüber, wie fahrig er jetzt scheinbar wahllos Blätter und Dokumente zusammenraffte und in eine Tasche stopfte.

Schließlich griff er die unberührte Croissanttüte und drückte sie seiner Tochter in die Hand.

„Du musst doch bestimmt eh los. Weißt du was, ich fahr dich in Gievenbeck am *Stein* vorbei. Hab ohnehin einen Termin in der Stadt."

Frida protestierte nicht. Im Flur zerrte ihr Vater ungeduldig an einem Kleiderbügel herum, warf sich Mantel und Schal über und schob Frida aus der Haustür.

Während der Autofahrt sagte keiner der beiden ein Wort.

Frida sah aus dem Fenster. Richtig hell geworden war es immer noch nicht. Was war hier eigentlich los? Isabella war verschwunden, entführt. Ausgerechnet also die Frau, mit der Papa mal zusammen gewesen war. Conny hatte die Entführung sogar beobachtet, er hatte es mit eigenen Augen gesehen. Aber die Polizei glaubte ihm kein Wort. Und sie würde auch nicht weiter ermitteln. Und wenn sie selbst bei Peter oder dessen Kollegen Anzeige erstatten würde, könnte man denken, sie wollte ihn nur ärgern. Ernst nehmen würde Peter das Ganze jedenfalls nicht, das hatten die letzten Tage nur zu deutlich gezeigt. Und außerdem würde eine Anzeige sowieso nur ihren Vater in Bedrängnis bringen. Schließlich hatte er mit Isabella Streit gehabt. Eine enttäuschte Liebe und finanzielle Unstimmigkeiten – daraus bastelte man schnell ein Motiv. Nein, es kam überhaupt nicht in Frage, zur Polizei zu gehen. Nachher brachte sie ihren Vater nur in Schwierigkeiten mit den Behörden. Und das wollte sie unbedingt vermeiden.

Aber andererseits konnte sie auch nicht so tun, als wüsste sie von nichts und einfach stillhalten. Schließlich hatte Hugo am Telefon eindeutig gesagt, *dass sie verschwinden müsse*. Isabella befand sich offenbar in Lebensgefahr! Ob sie vom undurchsichtigen Hugo in irgendwas hineingezogen worden war, das ihr jetzt gefährlich wurde? Oder hatte sie sogar selbst etwas Illegales geplant? Etwas, das mit der Galerie zusammenhing? Mit der Galerie, in der auch ihr Vater ausstellte … Ob er vielleicht etwas mitbekommen hatte, das nicht für seine Ohren bestimmt gewesen war?

Eigentlich könnte Frida ihn jetzt fragen, was er mit der Sache zu tun hatte, was er wirklich wusste. Aber nach der Situation von eben war die Stille im Auto so eisern, dass sie kein Wort hervorbrachte. Sie sah ihren Vater an, der nach vorne auf die Straße starrte. Zwischen ihr und ihm war bisher immer alles offen ausgesprochen worden. Aber nun? Wenn sie auf einmal anfing, Fragen zu stellen, müsste sie auch erklären, wie sie auf diese Fragen kam – und damit zum Beispiel auch, woher sie den Galerieschlüssel genommen hatte …

Nein, die Geschichte war schon jetzt verfahren genug. Da musste sie wohl alleine durch.

Immerhin hatte sie Conny an ihrer Seite.

Einige Augenblicke später hielt ihr Vater an. Natürlich wieder auf dem Lehrerparkplatz, obwohl Frida ihm bestimmt schon tausend Mal gesagt hatte, dass der nun wirklich Sperrgebiet für Eltern war. Aber sie schwieg und stieg einfach aus.

„Danke für‘s Bringen!"

„Nichts zu danken, Schnullerbacke. Das mit dem Frühstück holen wir nach."

Als Frida dem Auto ihres Vaters nachdenklich nachblickte, wie es um die Ecke bog – wie immer etwas zu schnell –, kroch ein unangenehmes Gefühl in ihr empor. Es war die leise Ahnung, dass sie nicht die Einzige in der Familie zu sein schien, die im Moment Geheimnisse hegte.

11. Kapitel

fyal / 09:45

Es war Viertel vor zehn, als Conny das *fyal* betrat. Hugo und der Unbekannte, mit dem er telefoniert hatte, trafen sich zwar erst um zehn Uhr, aber Conny wollte auf Nummer sicher gehen.

Er mochte den Laden. Zwar lag das Künstler-Café eher unscheinbar in einer kleinen Seitenstraße, aber dennoch zentral zwischen Domplatz und Münster-Arkaden. Die eine oder andere Nacht hatte er hier schon mit seinen Freunden gefeiert, und mittlerweile kannte er auch einige Leute aus dem Team. Mann, waren das geile Abende gewesen.

Conny stand in der Eingangstür und ließ den Blick durch den Raum schweifen. Es waren nur noch zwei Tische frei. Perfekt, die standen auch noch genau nebeneinander. Von da aus konnte er bestimmt viel vom Gespräch der beiden mitbekommen. Er setzte sich an den hinteren Tisch. Aus dem Augenwinkel konnte er den Eingang beobachten, sodass er direkt merken würde, wenn Hugo und sein Begleiter kamen.

Kurz nachdem Conny sich hingesetzt hatte, kam Anna auf ihn zu, die eben noch hinter dem Tresen gestanden hatte. Eigentlich gab es im *fyal* keine Bedienung an den Tischen, aber heute kam er ausnahmsweise mal in diesen seltenen Genuss, wohl deshalb, weil er mittlerweile Stammgast war. Das Privileg gefiel ihm eigentlich ganz gut. Vor allem, weil Anna so süß war. Er kannte sie von langen Abenden, als er und seine Freunde bis zum Ende geblieben waren. Oft setzte sie sich dann dazu und trank noch ein Bier mit ihnen. Ihre blauen Augen stachen unter ihrem dunkelbraunen Pony hervor. Sie sah umwerfend aus.

„Hi Conny, wo hast du dich denn rumgetrieben? Lange nicht gesehen!", sagte Anna und umarmte ihn. Sie roch gut.

„Ach, mal hier mal da … du weißt schon!" Er grinste verschmitzt und zuckte dabei mit den Schultern.

„Jaja, viel beschäftigt also. Was möchtest du denn trinken?"

„Ich nehme einen Kaffee, schwarz, bitte!"

„Für ein Bier ist es wohl selbst für dich noch zu früh", flachste Anna augenzwinkernd.

Conny wusste, dass viele Leute ihn nur als Partymenschen kannten, und ihm war auch klar, dass er seine ernsthafte Seite viel zu oft mit seiner Lässigkeit überspielte. Aber er konnte auch anders. Verdammt, wenn er an dem Abend nicht so besoffen gewesen wäre, müsste er jetzt nicht hier sitzen, dann wüsste er, wer der Täter war.

Aber dann hätte er Frida auch nicht kennengelernt. Das Mädchen war ihm echt ein Rätsel. Wie konnte man nur so viel Energie haben und so hibbelig sein? Eigentlich eine schreckliche Angewohnheit. Aber bei Frida mochte Conny es irgendwie.

Anna kam und brachte Conny den Kaffee. Sie beugte sich kurz zu ihm runter und flüsterte: „Der geht aufs Haus. Du kannst dich ja mal melden." Sie zwinkerte ihm zu und deutete auf die Serviette, auf die sie ihre Handynummer geschrieben hatte. Conny las die Ziffern und steckte das Papier dann schnell ein, ohne auch nur eine Sekunde daran zu denken, Anna wirklich anzurufen. Dafür hatte er jetzt keinen Kopf.

Plötzlich ging die Tür auf, und zwei Männer betraten das *fyal*. Einer der beiden war Hugo. Er trug ein rosa

Hemd mit einer türkisfarbenen Fliege. Furchtbar sah das aus. Der andere war weniger auffällig und eher leger gekleidet, Sweatshirt und eine einfache Jeans, die ziemlich dreckig war. Die zwei setzten sich an den Tisch neben Conny. Jackpot!

Als Anna gerade mit einem Tablett voll mit gebrauchtem Geschirr zwischen den beiden Tischen entlanglief, blaffte Hugo sie von der Seite an: „Einen Café Latte und für meinen Freund hier einen Kaffee, schwarz und ohne Zucker. Und wenn´s geht, ein bisschen flott."

Conny sah, wie sich Annas Gesicht verzog, als sie wieder zum Tresen ging. Offenbar hatte sie keinen Bock auf Diskussionen. Hugo war angespannt, das konnte man auch an den Falten auf seiner Stirn sehen. Aber bei dem anderen war es noch schlimmer. Er rieb sich ununterbrochen die Hände und saß mit eingezogenem Kopf da. Seine Blicke wanderten hastig durch den Raum.

„Ich will sie wiederhaben", fauchte er dann ohne Vorwarnung und knallte dabei seinen Schlüsselbund auf den Tisch.

Hugo schnellte mit dem Kopf in die Richtung des Mannes. „Beruhig dich! Willst du, dass die ganze Stadt das mitkriegt?"

Er wollte weiterreden, aber Anna kam und stellte die Kaffeetassen unsanft auf den Tisch. „Und fürs nächste Mal – hier ist Selbstbedienung!" Dann zog sie wieder ab.

Hugo warf ihr einen genervten Blick hinterher. Conny tat so, als würde er mit seinem Handy spielen.

„Ich hab ein ganz schlechtes Gefühl dabei. Der Erbe hat von der Sache Wind bekommen, und der Heinrichs ist eine harte Nuss, der lässt nicht so einfach locker. Und er kennt genug Leute, seine Spezialisten können uns echt gefährlich werden!"

„Was hast du denn für ein Problem? *Du* warst doch derjenige, der unsere Idee erst in die Tat umgesetzt hat. Und deinen Job hast du ziemlich professionell erledigt. Wir stecken zu tief in der Sache drin, da kommen wir nicht mehr raus – und du erst recht nicht! Das zieh´n wir jetzt durch, je schneller desto besser, dann können die die Spuren nicht mehr nachverfolgen. Mann, für dieses Prachtstück würden andere über Leichen gehen!"

Bei dem Stichwort Leiche ging ein Ruck durch Connys Körper, und seine Hände umklammerten die Tasse. Das konnte doch nicht bloß ein dummer Zufall sein, oder? Erst verschwand eine Frau und jetzt redete man schon über Leichen! Conny nahm einen großen Schluck Kaffee, um seine Nervosität zu unterdrücken.

Im gleichen Moment bekam er eine SMS.

„Wie sieht's aus? Ist Hugo da? Und mit wem? Versuch mal, ein Foto zu machen." Conny sah sich vorsichtig im Raum um, ob jemand von ihm Notiz nahm. Dann wartete er so lange, bis sich der unbekannte Mann in seine Richtung drehte. Ob Frida das Profil von dem Typen wohl reichen würde? Conny drückte den Auslöser und schickte das Foto an Frida.

Plötzlich fasste sich der Typ mit beiden Händen an den Kopf und griff in seine Haare. Er stotterte: „Ich … Ich kann das nicht mehr. Das wird mir zu viel. Ich hab ein Kind und ich will nicht in den Bau!"

Das reichte Conny. Von Zufall konnte hier nicht mehr die Rede sein!

Er sah, wie Hugo ganz nah an den Tisch rutschte und dem verstörten, zitternden Mann einen beschwörenden Blick zuwarf.

„Da wird nichts auffliegen, wenn du dich jetzt bis zum Schluss konzentrierst, mein Gott! Ich hab schon alles klargemacht. Jetzt stell dich nicht so an, du Weichei!" Mit seinen Fingern spielte er am Hemdkragen, um seine Fliege zu weiten.

Beide waren jetzt noch angespannter als vorher. Der Unbekannte spielte am Zuckerstreuer herum und starrte nachdenklich auf die Tischplatte.

„Mensch Webi, das ist doch alles in trockenen Tüchern. Uns bleibt nichts anderes mehr übrig", sagte Hugo.

„Du hast ja Recht. Und es ist wirklich alles vorbereitet?", fragte der Unbekannte.

„Ja … Ja, ist es. Ich muss unserer Kontaktperson noch bestätigen, dass die Übergabe morgen Abend stattfindet." „Wieder in der Galerie?" „Sicher", antwortete Hugo, „der Schneider kommt um sechs."

Das Vibrieren seines Handys unterbrach Connys angespannte Lauschversuche, noch ehe er sich darüber im Klaren war, was er da eigentlich gehört hatte.

Eine neue Nachricht von Frida. Er öffnete sie.

„Scheiße Mann, weißt du, wer das ist? *Das* ist mein Vater!"

Connys Gesicht war wie eingefroren. Er starrte auf die Nachricht und las sie wieder und wieder. Sein Hirn überschlug sich. Wie verrückt sollte das alles noch werden? Das konnte doch nicht wahr sein!

Er fuhr sich verwirrt durch seine Haare, atmete tief durch und ermahnte sich innerlich, jetzt bloß keinen übereilten Fehler zu machen. Er schnappte sich seine Jacke und seine Tasche und hastete aus dem *Fyal*. Draußen griff er erneut zum Handy.

„Morgen Abend soll irgendeine Übergabe stattfinden, 18 Uhr in der Galerie. Bist du noch dabei oder steigst du aus?"

Nachricht gesendet.

12. Kapitel

ULB Münster / 20:57

Bevor er seine Schlüssel abgeben musste, hatte er sie nachmachen lassen. Das war definitiv die beste Idee seit langem gewesen. Die Schrift seiner Kollegin – nein, seiner Ex-Kollegin – zu fälschen, hatte für ihn keine nennenswerte Herausforderung dargestellt.

Und jetzt konnte er ganz entspannt darauf warten, dass die dicke Fliege in sein Netz tappte.

***

Im modernen Kunstlesesaal brüteten auch jetzt noch einige Studenten über Büchern und Mitschriften, vor Laptops und Netbooks. Nach seinem allabendlichen Rundgang durch diesen Flügel des Gebäudes verließ Dr. Große-Everkamp den Lesesaal in Richtung der Information und der Computerarbeitsplätze. Bevor er seine Kontrollrunde in den unteren Magazinen antrat, die in einer halben Stunde abgeschlossen sein musste, wollte er nur noch kurz in seinem Büro nachsehen, ob noch ein neues Fax gekommen war. Genau so, wie er es jeden Abend tat. Um 20:57 Uhr steckte er seinen Schlüssel in das Schloss seines Büros im Erdgeschoss der Universitäts- und Landesbibliothek.

***

Er beobachtet, wie Große-Everkamp in seinem Büro verschwindet. Noch mag der sich sicher fühlen. Aber sehr bald schon wird sich das ändern. Dieser Mann dort vor ihm wird sich in den Fäden seines Plans verfangen, daran kleben bleiben und vergeblich zappeln, da ist er sich ganz sicher.

Nur noch wenige Minuten trennen ihn von seinem nächsten Triumph.

***

Dr. Große-Everkamp blickte stirnrunzelnd auf den Vermerk, den ihm seine Mitarbeiterin auf den Schreibtisch gelegt hatte. Als er an ihrer Notiz den Hinweis „Eilt!“ bemerkte, ärgerte er sich. Eigentlich hätte er die Aufgabe gerne bis morgen liegenlassen, dann hätte sich Frau Schmitten darum zu kümmern. Es war sowieso eher ungewöhnlich, dass sie diese Anfrage eines Mitarbeiters der Universität Wuppertal nicht selbst erledigt hatte. Solche Aufgaben übernahm sie in der Regel für ihn, um ihn ein wenig zu entlasten, und derart kurzfristige Anfragen gab es ohnehin eher selten. Aber laut Post-it-Kommentar war die Rechercheanfrage möglichst noch heute zu erledigen. So etwas kam ab und an vor, da musste er heute dann wohl oder übel noch einmal nach unten.

Er griff nach dem Telefon und rief zu Hause an. Seine Frau meldete sich.

„Schatz, es wird später. Ich muss die Magazine noch abschließen und eine Anfrage bearbeiten.“

„Aha.“ Die Verärgerung war ihr anzumerken.

„Es tut mir leid, es ist wohl kaum meine Idee gewesen.“

„Wie du meinst." Er vernahm ein Knacken und das Besetztzeichen erklang.

Er knallte den Hörer auf die Ablage und gab ein verärgertes Schnauben von sich. Was konnte er dafür, dass er seinen Job ordentlich erledigen musste?

Er griff nach dem Zettel mit der Anfrage aus Wuppertal, nahm seinen Schlüsselbund und verließ das Büro. Zuerst ging er am Schalter vor den Magazinen vorbei.

„Schließen Sie heute ab, Herr Dr. Große-Everkamp?"

„Ja, ich werd jetzt unten alle rausschicken und dann von innen abschließen, wenn keiner mehr da ist. Ich hab noch etwas im Magazin zu erledigen und komme hinten durch das Treppenhaus im Verwaltungsbereich hoch."

„Okay, schönen Feierabend!"

Anders als im Lesesaal war im Magazin um diese Zeit kaum noch etwas los. Die letzten verbliebenen beiden Studenten begleitete er nach oben und verschloss hinter ihnen die Tür. Dann stieg er wieder hinab. Tausende von Büchern lagerten hier, nebst den unerschöpflichen Sammlungen der Zeitschriftenmagazine im zweiten Untergeschoss. Er mochte die Atmosphäre hier unten. Der grellgelb leuchtende Linoleumboden des Magazins im ersten Untergeschoss war noch ganz neu, der Geruch von Plastik und Gummi mischte sich mit dem des Papiers. Eine eigenwillige Kombination, aber sie gefiel ihm.

Was er suchte, befand sich im zweiten Untergeschoss der Bibliothek bei den Zeitungsartikeln, die in dicken Jahresbänden im Zeitschriftenmagazin lagerten. Dieser Bereich war noch nicht renoviert. Der schäbig schwarzbraun melierte und fleckige Boden dämpfte seine Schritte. Er ging durch die langen Buchreihen und steuerte auf die Wandregale zu. Als er zwischen die Regale trat, flackerten die Leuchten der Bewegungsmelder über ihm auf, und Licht erhellte den schmalen Gang.

Mit einem Blick auf den Zettel in seiner Hand vergewisserte er sich der Signatur des Zeitungsbandes, in dem er das Gewünschte zu finden hoffte. Wonach die Leute immer suchten … Diesmal war es ein Artikel über die Kulturformen der *fagus sylvatica f. atro-punicea*, der Blutbuche. Schon 1879 im *Münsterschen Tageblatt* veröffentlicht. Autor war ein Friedrich Schubert.

Er ging auf den linken der beiden Eingänge des geschlossenen Magazins zu. Vor dem Gitter der Tür blieb er kurz stehen und suchte nach dem richtigen Schlüssel. Das Schild *Vorsicht! Beim Bewegen der Regale bitte auf Personen in den Gängen achten* fiel ihm dabei schon kaum mehr auf.

Als er meinte, ein Geräusch hinter sich gehört zu haben, hielt er kurz inne und drehte sich um. „Ist da jemand?“, rief er in den großen Raum hinein. Durch die Regale konnte er den größten Teil des Raumes nicht sehen.

Keine Antwort.

Er steckte den Schlüssel ins Schloss und öffnete die Tür zum geschlossenen Magazin. Ein flaues Gefühl im Magen blieb.

„Irgendwann schließen wir noch mal versehentlich jemanden ein“, dachte er.

Er schob den Gedanken weg, hier war um diese Zeit niemand mehr.

***

Verdammt, das hätte nicht passieren dürfen. Er ist mit dem Rücken gegen eines der Regale gestoßen, sodass ein Buch herausgefallen ist. Große-Everkamp hat sich umgedreht, aber er hat sich gerade noch ducken können. Das war knapp!

Dabei hat bisher alles reibungslos geklappt. Während der Kontrollrunde seines alten Chefs hat er sich in den Räumen des hinteren Teils der Magazine aufgehalten, die wegen Bauarbeiten leer stehen. Dort hat er abgewartet, bis der Personalverantwortliche hinter zwei Studenten die Treppe hinaufging, um endlich abzuschließen. Diese Routine ist sein Glück – und Große-Everkamps Pech. Dieser Mann ist so berechenbar …

Als dieser sich endlich wieder der Tür widmet, atmet er erleichtert auf. Er wird seine Chance erhalten, da ist er sich sicher. Nur ruhig bleiben. Er weiß schließlich genau, was er tut.

Die widerliche Schmeißfliege kann ihm nicht entkommen.

***

Der Signatur nach musste der Artikel im hinteren Teil des Magazins zu finden sein. Dr. Große-Everkamp schritt den Gang entlang und verglich dabei stetig die Signatur auf der Notiz mit den Beschriftungen der Regalreihen. Hier irgendwo musste es doch sein.

Um Platz zu sparen, hatte man schon vor einigen Jahren ein kompaktes Lagersystem eingebaut, bei dem die einzelnen Regale auf Kufen montiert waren und ganz eng beieinander standen. Wollte man auf eines der Bücherborde zugreifen, so ließen sich die schweren Elemente mit Hilfe eines Drehkreuzes auseinanderbewegen. Große-Everkamp erinnerte sich noch genau daran, wie die Konstruktion angeliefert worden war. Es hatte eine nervenaufreibende Woche gedauert, bis die raumhohen Elemente aufgebaut waren und sich reibungslos bedienen ließen. Auf Dauer hatte sich das System aber bewährt.

Und genau hier, in den massiven Archivregalen, wurden auch die alten Zeitschriftenbände gelagert. Hoffentlich war nicht wieder ausgerechnet die Reihe, die er erreichen musste, von den anderen zugestellt. Beim letzten Mal hatte es eine Ewigkeit gebraucht, bis er die umstehenden Elemente beiseite gerückt hatte.

Aha, da war es! Die sechste Reihe auf der rechten Seite. Zwar standen die Regale hier ohne Lücke zusammen, aber diejenigen davor und dahinter hatten noch etwas Luft. Das sollte gehen, Glück gehabt.

Mit wenigen Umdrehungen verschob er die beiden angrenzenden Elemente. Der entstandene Gang war zwar schmal, aber doch breit genug, dass er sich bis zur Mitte würde durchzwängen können. Wenn er nicht noch die übrigen Reihen versetzen musste, sollte es ihm recht sein. Er zog den Bauch ein und schob sich seitlich zwischen die Regale. Wo stand denn nun das *Münstersche Tageblatt*? Mit dem Finger fuhr er die Bretter entlang, ganz in die Suche nach dem richtigen Band vertieft. *Dort oben!* Er stellte sich auf die Zehenspitzen, streckte sich bis zu einem großen Band, den er mit der rechten Hand wohl gerade noch erreichen könnte. Ihm fiel einmal mehr auf, dass er schon immer ein bisschen zu klein gewesen war. Wirklich eine ärgerliche Laune der Natur.

Aber immerhin gab es hier unten keinen, der seine kläglichen Versuche beobachten konnte. Er streckte sich erneut und hielt sich dabei mit der einen Hand an einer Trennwand fest, als ihm plötzlich der Schreck in die Glieder fuhr.

Die Bücherwand hatte sich auf ihn zubewegt!

Er verlor fast das Gleichgewicht, konnte sich nur noch mit Mühe an dem Regalbrett festhalten. Im ersten Augenblick dachte er, er hätte das Regal durch sein Körpergewicht verschoben. Doch das war abwegig.

Die Drehkreuze!

Jemand musste sie bewegt haben.

Jemand, der nicht wusste, dass er zwischen den Reihen eingeklemmt war.

Große-Everkamp wollte Luft holen, sich bemerkbar machen. Um Hilfe schreien. Doch ein stechender Schmerz durchfuhr seinen Körper. Dann presste ihm der Stahl die Luft aus den Lungen. Seine Rippen brachen.

Alles wurde schwarz.

***

Das war einfacher, als er es sich vorgestellt hatte.

Andererseits war die Planung auch gut durchdacht. Wie immer, wenn er etwas tat, war sie ordentlich und gewissenhaft. Das gehört seiner Meinung nach zu den wichtigsten Eigenschaften eines Menschen: Gewissenhaftigkeit und Genauigkeit. Er hasst diese Stümper, die sich alle Nase lang eine neue Aufgabe vornehmen und das bisher Begonnene einfach stehen und liegen ließen, bloß weil es zu schwierig scheint. Wenn man Zeit und Mühe investiert hat, kann man doch seine Aufgabe nicht einfach so aufgeben. Man ist ihr etwas schuldig.

Aber wurde ihm seine Sorgfalt, seine außerordentliche Gründlichkeit jemals gedankt?

Man hat ihn ausgelacht, ihn fallen lassen.

Hätte er wenigstens nicht diesen Sprachfehler! Schon allein, weil er manchmal keinen Satz flüssig herausbrachte, hörten viele einfach weg. *Wer stottert, ist dumm* – so dachten sie, die großen Theoretiker. Sie glaubten lieber Ammenmärchen aus dem letzten Jahrtausend, als sich einen Moment für ihn Zeit zu nehmen.

Und so hatte eins zum anderen geführt. Erst wollte ein Professor seine Doktorarbeit nicht betreuen. Mit fadenscheinigen Begründungen hielt man ihn klein, wies seine Erkenntnisse zurück, ließ sich nicht auf seine Deutungen ein. *Blanke Ignoranz.* Die alteingesessenen Wissenschaftler machten es sich leicht, blieben bei ihren flüssig formulierten, aber überkommenen Vorstellungen, verbohrt und engstirnig. Und seine Kommilitonen taten es ihnen gleich. Unfähig, zu einem eigenen Urteil zu kommen, waren sie den ach so großen Autoritäten hörig.

Und niemand hörte auf ihn. Keiner erkannte das Gewicht seiner innovativen Thesen. Nicht einer machte sich für ihn stark.

Er musste sich also alleine behaupten. Nach mühevollen Jahren war seine Arbeit endlich fertig. Anstrengende Zeiten lagen hinter ihm, in denen er sich gegen Widerstände durchgesetzt, sich mit Gelegenheitsjobs durchgeschlagen und all seine Energie in sein Werk gesteckt hatte. Er war fest davon überzeugt gewesen, dass man ihm die Doktorwürde nach Abschluss seiner Forschungen nicht verwehren konnte.

Doch es kam anders. Auch all die anderen Professoren, denen er seine Arbeit vorlegte, wiesen sie zurück. Formfehler. Argumentationslücken. Verstoß gegen wissenschaftliche Standards. Missachtung des aktuellen Forschungsstandes. *Alles bloße Ausreden.* Das war ihm völlig klar. Und all das nur, weil er ihnen lästig war, unbequem.

So war er ohne den ersehnten Abschluss in der Bibliothek gestrandet. Zunächst war es eine Notlösung – er wollte nur so lange bleiben, bis er sich von der schmählichen Behandlung, der Demütigung erholt hatte.

Aber schon bald strafte Große-Everkamp ihn täglich mit verächtlichen Blicken, die ihm nur zu deutlich signalisierten: „Du bist ein Versager." Wieder war da einer, der Justitia die Binde von den Augen riss und nach Gutdünken und einem flüchtigen Eindruck die Menschen in Schubladen steckte. *Doch das ist nun vorbei.*

Nie mehr wird er sich von diesem Zwerg niedermachen lassen. Er wird ihm die Würde und den Respekt versagen, die ihm selbst auch versagt wurden.

Schon der erste Schritt seines aktuellen Feldzugs gefällt ihm besonders. Als Mitarbeiter war es ihm ein Leichtes, sich das digitale Verzeichnis aller Bücher zugänglich zu machen. Und so machte er den OPAC, das Recherchesystem der Universitäts- und Landesbibliotheken, zu seinem Verbündeten: Er schleuste seine Arbeit ein. Dazu entfernte er eine völlig irrelevante Monografie und übertrug die Signatur auf sein Werk. Bei einem Buchbinder ließ er einige Exemplare seines Werkes fertigen und versah sie mit den erforderlichen Kennzeichen. Nun war sein Werk öffentlich zugänglich. Wie jede andere Doktorarbeit auch.

Es war nicht schwer gewesen, aber äußerst wirkungsvoll. Er würde sich nicht aufhalten lassen. Denn das war erst der Anfang.

Er blickt auf den zusammengesackten, merkwürdig gekrümmten Körper seines ehemaligen Vorgesetzten. Er sieht verletzlich und schwach aus. Blut rinnt seine Schläfe herab.

Er greift Große-Everkamp unter den Armen und zieht ihn zwischen den Regalen heraus auf den Gang des Sondermagazins. Dann steigt er über den leblosen Körper und packt erneut mit festem Griff den Dreh-Arm des linken Regals. Mit ein paar kräftigen Bewegungen befördert er es genau an die Stelle, an der Große-Everkamp es beim Betreten des Magazins vorgefunden hat.

Dann schleift er den untersetzten Mann aus dem geschlossenen Magazin. Mit dessen Schlüssel verschließt er schnell die Tür hinter sich.

Nun deutet nichts mehr darauf hin, dass er sich hier aufgehalten hat.

Bislang läuft alles nach Plan. Einen Moment hält er inne und schließt die Augen. Die Anstrengung lässt seinen Puls steigen, seine Lungen brennen. Er nimmt einen tiefen Atemzug. Dann widmet er sich wieder dem leblosen Körper, schleppt ihn zum Treppenhaus. So ein menschlicher Körper ist schwerer zu packen, als er dachte. Wie ein Sack Kartoffeln.

Er muss ins erste Untergeschoss gelangen. Dort gibt es eine Tür, die in den Hinterhof hinausführt. Unter großen Mühen hievt er Große-Everkamp die Treppe hoch und stößt die Tür zum dortigen Magazin auf.

Es ist stockdunkel. Einzig die Notausgangsschilder spenden ein fahles Licht. Aber es genügt, um den Weg zur Tür zu finden. Gleich ist Große-Everkamps Autorität gefragt. Er grinst. Eine Autorität, die sich nun in nicht mehr als ein paar Schlüsseln am Schlüsselbund manifestiert.

Er lehnt den Mann an eines der schweren Regale und hockt sich neben ihn, dann stößt er die Tür auf und schleppt den Mann ins Freie. Die frische Luft beflügelt seine Sinne, und er schöpft neue Kraft. Es ist fast geschafft. Die Tür hinter ihm fällt leise ins Schloss. Er befindet sich nun unter dem Kunstlesesaal. Als er noch hier gearbeitet hat, war an dieser Stelle ein Fahrradschuppen für die Mitarbeiter. Jetzt ist dort ein Teil der Klimaanlage der Bibliothek untergebracht.

Wenige Meter von ihm entfernt liegt die Treppe, die den Hinterhof mit dem Vorplatz des Bibliothekseingangs verbindet. Der Abend ist klar, und der Vollmond erhellt die Szenerie. Er ärgert sich – erhöht dies doch die Gefahr, entdeckt zu werden.

Wenige Meter entfernt steht sein Auto, das er auf dem Parkplatz im Innenhof abgestellt hat. Ein dunkelgrauer Kombi. Er packt den unbeweglichen Körper an den Armen und will ihn das letzte Stück ziehen. Schweiß steht ihm auf der Stirn. Dass es so anstrengend ist, hat er nicht erwartet. Aber es erfüllt ihn.

Trotzdem ist schon nach wenigen Metern klar, dass er noch einmal halten muss, nur noch wenige Schritte, bevor er aus dem Schatten der Unterführung in den schwachen Lichtkreis des Hinterhofes treten kann. Große-Everkamps Schuhe verursachen auf den Pflastersteinen einfach ein zu lautes Schleifgeräusch. Es kommt ihm vor, als spiele er mit einer überdimensionierten Babypuppe, und er begibt sich daran, die Ledertreter aufzuschnüren. Da hört er plötzlich Stimmen, die sich langsam nähern.

Ihm stockt der Atem. Schnell wuchtet er den leblosen

Körper hinter einen Mauervorsprung und kauert sich daneben. Es kostet ihn einige Mühe, dass Große-Everkamps Körper nicht nach vorne in den Lichtkegel fällt.

Gerade einmal vier oder fünf Meter von ihm entfernt verharren die Stimmen. Nur mühsam dringen die Worte eines Gesprächs zu ihm durch. Sein Herzschlag rauscht in seinen Ohren.

„Ganz ehrlich, der soll meinetwegen da unten einziehen und nie wieder hochkommen."

„Kippe?"

„Hm? Oh, ja klar. Danke." Das Klicken eines Feuerzeugs.

„Was ist denn jetzt schon wieder?"

„Ach, der hat mich und Larissa heute wieder so blöd angemacht, nach dem Motto: Sie haben ja eh immer Feierabend, egal wann man Ihnen begegnet. Genau, ich tu nämlich den ganzen Tag nix, weißte."

„Ich weiß, solche Kommentare darfst du dir von dem als Hilfskraft den ganzen Tag anhören."

Eine kurze Pause. Er hält wieder die Luft an. Lange kann er Große-Everkamp nicht mehr halten. Dessen rechter Arm sackt unkontrolliert immer weiter nach vorne, und er hat keine Hand frei, um ihn zu fixieren. Seine Finger sind rutschig, er krallt sie in das dünne Hemd, bis seine Knöchel weiß werden.

„Ich habe bei dem Große-Everkamp immer das Gefühl, der sucht bei den anderen nur nach Fehlern."

Große-Everkamp sinkt Millimeter für Millimeter tiefer in seinen Armen, droht ihm zu entgleiten.

„Das stimmt. Na ja, Chef hin oder her, stress dich wegen dem nicht so, das versaut dir nur den Tag, und ändern kannst du es ohnehin nicht. Komm, Feierabend!"

Die Schritte entfernen sich.

Erschöpft lässt er das schwere Bündel fallen und lehnt sich an die Wand. Das war knapp. Dennoch bestärkt ihn das eben Gehörte, erfüllt ihn mit Genugtuung. Er fühlt sich zutiefst bestätigt in seinem Vorhaben. Große-Everkamp verursacht Leid.

Er schaut sich um. Niemand ist zu sehen. Er öffnet mit der Funk-Fernbedienung den Kofferraum des Wagens und packt den Körper, der mittlerweile ziemlich mitgenommen aussieht. Das Hemd hat einen Riss, die Hose ist verrutscht, die Haare wirr. Es wird Zeit, dass er hier wegkommt.

Er hievt und schiebt sein Opfer in den Wagen und breitet eine Decke über dem leblosen Körper aus, um ihn vor neugierigen Blicken zu schützen.

Zufrieden setzt er sich ans Steuer des Wagens und startet den Motor.

Es ist geschafft.

13. Kapitel

Fridas Elternhaus / 20:13

Die schriftliche Überprüfung der Hausaufgaben in Biologie, Nachhilfe geben und das Vorbereitungstreffen für den Debattierwettbewerb am Wochenende – das alles hatte Frida endlich hinter sich und genoss das Alleinsein mit ihrer Mutter. Sie saßen am Buchenholztisch in der mit warmen Farbtönen gestrichenen Küche. Mit dem Abendessen hatten sie schon begonnen, denn Peter schien heute ein paar Überstunden machen zu müssen. Frida kam das natürlich sehr gelegen. So konnte sie endlich mal wieder in Ruhe mit ihrer Mutter quatschen. Über alles Mögliche hatten sie heute Abend schon gesprochen. Wo soll der nächste Urlaub – hoffentlich ohne Peter – hingehen? Wann soll der Garten winterfest gemacht werden? Wie sieht Fridas Plan für die Zeit nach dem Abitur aus? All diese Fragen konnten sie heute ohne spitze Zwischenbemerkungen ausdiskutieren. Das tat Frida richtig gut. Leider waren solche Abende viel zu selten, und wenn es sie gab, waren sie zu kurz.

In diesem Moment trat Peter gestresst durch die Haustür. „Mann, war ja klar, dass dieser Cornelius von *Hast-du-nicht-gesehen* mir nur Ärger macht!" Zu klingeln brauchte er nicht, denn Kathrin, Fridas Mutter, hatte ihm inzwischen einen Ersatzschlüssel für die Wohnung gegeben.

„Der Arme, hat er wieder Stress wegen der Arbeit?", spöttelte Frida leise vor sich hin.

„Soll ich dir das Essen warm machen, mein Schatz?"

Die Art ihrer Mutter, sich um Peter zu kümmern, konnte Frida ganz und gar nicht leiden.

„Setz dich doch erst einmal. Ich mache dir einen Tee."

Peter war das scheinbar völlig egal. Wutgeladen schoss es aus ihm heraus: „Keine Ahnung, warum seine Eltern sich in die Angelegenheit einmischen. Der Junge ist volljährig!"

„Wieso einmischen? Was ist denn passiert?" Kathrin musterte ihn.

„Na dieser Conny, von dem ich dir neulich kurz erzählt habe, der eine Entführung beobachtet haben will. Seine Eltern haben auf der Wache angerufen, sich über mich beschwert. Ich hätte ihren Sohn grundlos angeschrien und eingesperrt! Lächerlich ist das!"

Bevor ihre Mutter auch nur ein Wort sagen konnte, feuerte Frida dazwischen: „Ich finde das überhaupt nicht lächerlich. Schließlich hat er ein Verbrechen beobachtet, und *du* hast ihm nicht geglaubt! Wie du mit Conny umgegangen bist, das ging gar nicht!"

„Ach, jetzt sei du doch mal leise", motzte er sie an. „Der soll froh sein, dass ich gegen ihn kein Verfahren wegen Beamtenbeleidigung eingeleitet habe, so wie der im Suff rumgepöbelt und uns beschimpft hat!"

„Jetzt mal von vorne. Wer genau ist dieser Conny, und warum kennst du ihn auch, Frida?", fragte Fridas Mutter verwirrt.

Frida beschrieb die Situation, die sich am vergangenen Samstagvormittag in der Polizeiwache am Alten Steinweg abgespielt hatte. Eigentlich hatte sie gar nicht vorgehabt, ihrer Mutter von Conny und der ganzen Geschichte zu erzählen. Schließlich hatte ihr Vater irgendetwas damit zu tun, und sie wollte ihn nicht in Schwierigkeiten bringen. Aber sie musste Conny jetzt verteidigen. Das würde sie auch hinbekommen, ohne die ganze Story zu erzählen.

„Ach, jetzt übertreib mal nicht, Kleine. Ich habe meinen Job gemacht. So, wie ich ihn immer mache“, entgegnete Peter ungehalten.

„Du hast ihn eingesperrt und angebrüllt, obwohl er ein Verbrechen melden wollte!“ Frida kochte vor Wut. Ihre Mutter schien immer noch nicht einordnen zu können, was das ganze Theater sollte. „Was auch immer da jetzt vorgefallen ist, ihr beide werdet euch in Zukunft besser verstehen, wenn Peter erst einmal hier eingezogen ist."

Wie bitte, was sagte sie da?! Dazu fiel ihr jetzt wirklich nichts mehr ein. Frida stapfte aus der Küche und lief eilig in ihr Zimmer, knallte die Tür und schloss ab. Sie schmiss sich auf ihr frisch bezogenes Bett und hatte bereits Tränen in den Augen.

Zum Glück lag ihr Handy nicht, wie gewöhnlich, auf dem großen Schreibtisch, sondern diesmal auf dem dunkelbraunen Nachttisch, den sie von ihren Großeltern zum letzten Geburtstag bekommen hatte. Sie griff danach und wählte Connys Nummer.

Anrufbeantworter. Frida versuchte es ein zweites und drittes Mal. Doch Conny war nicht zu erreichen!

Sie machte es sich auf ihrem Bett gemütlich und kuschelte sich in ihre weiche Decke. Dabei schloss sie die Augen, versuchte zur Ruhe zu kommen, aber ihre Gedanken ließen sie nicht los.

Frida musste wohl eingeschlafen sein, denn als ihr Handy immer lauter werdend neben ihr vibrierte, zuckte sie leicht zusammen. Eigentlich wollte sie gar nicht rangehen, doch dann sah sie die Nummer. Conny! Frida schnappte ihr Handy.

„Hallo?"

„Hey, na? Du hast versucht, mich zu erreichen?", fragte er mit freundlicher Stimme.

„Oh ja, genau. Hast du gerade einen Moment?"

„Klar, trifft sich gut, wollte dir eh noch von dem merkwürdigen Treffen im *fyal* berichten.

„Kannst du mich vielleicht abholen? Ich muss hier gerade mal kurz raus." „Okay, wo sollen wir uns treffen?"

„Vielleicht an der Germania-Therme?" Frida fiel ein Stein vom Herzen. Gleich wäre sie weit weg von Peter und von dem ganzen Stress hier zu Hause.

„Alles klar, in 7 Minuten und 43 Sekunden bin ich da." Damit gelang es ihm, Frida ein kleines Lächeln auf das Gesicht zu zaubern. Er musste wohl gemerkt haben, dass sie nicht die beste Laune hatte.

„Vielen Dank, Conny!"

„Aber gerne. Bis gleich an der Therme."

„Ja, bis gleich." Frida packte eilig ihre Tasche zusammen – Schlüssel, Handy, Portemonnaie. Kurzer Blick in den Spiegel und los. Damit Kathrin und vor allem Peter nichts von ihrem Treffen mit Conny mitbekamen, schlich Frida auf Zehenspitzen über den Wohnungsflur. Sie hatte keine Lust auf Diskussionen. Vor der Wohnungstür schlüpfte sie in die hellgrauen Sneaker, die sie erst vorherige Woche von ihrem Taschengeld gekauft hatte. Und schon war sie draußen.

***

***

An der Therme angekommen, erwartete Conny sie bereits.

„Hey, da bist du ja!", begrüßte er sie. Er lächelte. „Jetzt erzähl doch mal, was ist los?"

„Ach", stöhnte Frida leicht auf, „ich habe gerade richtig Stress zu Hause. Vorhin gab's ne heftige Auseinandersetzung mit meiner Mutter und ihrem dämlichen Freund, bei der mir dann mal so ganz nebenbei mitgeteilt wurde, dass Peter demnächst bei uns einzieht.

„Oha", murmelte Conny. „Ja, echt großartig", fuhr Frida fort. „Peter kam schon so aufgebracht nach Hause, hat sich tierisch darüber aufgeregt, dass deine Eltern auf der Wache angerufen und sich über ihn beschwert haben."
„Meine Eltern haben was?" rief Conny entsetzt. Mit einem Schlag war seine gute Laune wie weggeblasen. „Davon weiß ich überhaupt nichts, verdammt, was fällt denen denn ein? Hätte ich bloß nichts erzählt. Ich kann meine Angelegenheiten selbst regeln! Das checken die einfach nicht!"
Mit düsterem Blick erwiderte Frida: „Da geht es uns wohl ähnlich. Bei mir zu Hause checken sie auch gerade so einiges nicht. Und dann noch die Sache mit meinem Vater. Erzähl mir bitte mal genau, wie das Treffen im *fyal* heute Morgen abgelaufen ist."

Nur langsam gelang es Conny, sich zu beruhigen und seine Beobachtungen des Vormittags noch einmal detailliert zu schildern.

„Kein Wunder, dass mein Papa heute so aufgebracht und nervös war, als ich ihn mit dem Frühstück überrascht habe", murmelte Frida, nachdem Conny seinen Bericht beendet hatte.

„Normalerweise würde er sich tierisch freuen, wenn ich einfach vor seiner Tür stünde und mich dann auch noch für seine Kunst interessieren würde. Heute war er angespannt und total kurz angebunden."

Conny erwiderte: „Ja, die Anspannung konnte man ihm auch im *fyal* mehr als deutlich anmerken. Ich kann mir auf das Ganze zwar noch keinen genauen Reim machen, aber dein Vater scheint da in irgendwelche zwielichtige Aktionen verwickelt zu sein, wegen denen er sich jetzt in seiner Haut ziemlich unwohl fühlt und Angst hat, im *Bau* zu landen. Dieser Hugo hat ja auch von einem Job gefaselt, den dein Vater *professionell erledigt* hätte, und von irgendwelchen Spezialisten eines Erben, die den beiden auf die Schliche kommen könnten. Wenn du mich fragst, könnte das alles gut in eine Kriminalgeschichte über einen Kunstfälscherring passen."

Frida lief jetzt langsamer. Sie blieb fast stehen und schaute Conny durchdringend an.

„Ich kann es einfach nicht glauben, dass mein Vater an kriminellen Machenschaften beteiligt sein soll. Doch nicht mein Dad!"

„Wer weiß? Vielleicht ist er durch finanzielle Schwierigkeiten in irgendwas reingeraten? Vielleicht hat man ihn ja auch mit etwas erpresst und ihn gezwungen, bei zwielichtigen Geschäften mitzumachen?" mutmaßte Conny.

Frida war tief in Gedanken versunken. Auf der einen Seite verspürte sie leichte Schuldgefühle. Hätte sie ihrem Vater mehr zur Seite stehen müssen? Hatte sie in der letzten Zeit alarmierende Veränderungen in seinem Verhalten übersehen? Was wusste sie überhaupt über seine jetzige Situation und über seine Sorgen und Nöte? Doch andererseits war er schließlich ein erwachsener Mann.

Erschöpft ließ sich Frida auf einen gefällten Baumstamm in ihrer Nähe fallen. Was für ein übler Tag. „Das ist alles ein bisschen viel und macht irgendwie keinen Sinn!“ Conny setzte sich neben sie und versuchte die Situation etwas aufzulockern: „Ja, ziemlich verwirrend. Trotzdem schön, mit dir hier an der Gasselstiege spazieren zu gehen.“

„Ich hätte gar nicht gedacht, dass du ein Spaziergänger bist!”, begann Frida nach einer etwas längeren Pause.

Conny grinste: „Da gibt es vieles, was du wohl nicht von mir erwarten würdest.”

Bei seiner Art musste Frida einfach lachen. „So langsam muss ich wieder los, Conny.“ Eigentlich hätte sie noch Stunden mit ihm hier draußen verbringen können, aber Peter und Kathrin wären wohl besorgt, wenn sie nicht bald zu Hause eintrudeln würde.

„Ich begleite dich“, beschloss Conny und zwinkerte ihr dabei zu, „das ist mir lieber.”

Frida war sich nicht sicher, was sie davon halten sollte. „Und was ist, wenn Peter …” Sie beendete den Satz nicht, denn irgendwie fand sie es schön, dass Conny sie begleiten wollte. Seine Anwesenheit tat ihr im Moment einfach gut.

***

Als sie an Fridas Haus ankamen, stand Peter schon unten im Türrahmen. Wahrscheinlich hatte er sie die Straße entlanggehen sehen. „Was willst du denn hier?“, fuhr er Conny wütend an, ehe dieser überhaupt etwas sagen konnte.

„Freundchen, du lässt schön die Finger von Frida! Es reicht schon, dass du mir Stress gemacht hast. Also hau ab!" Conny wollte anscheinend keinen Streit anfangen und machte bereits einen Schritt nach hinten, als Frida ihn aufhielt: „Du hörst doch nicht ernsthaft auf diesen … diesen keine Ahnung was, oder?"

Peter hatte doch ein Rad ab. Wahrscheinlich dachte Conny das Gleiche. Auf der einen Seite wollte Frida sich vor Conny nicht lächerlich machen, doch andererseits musste sie Peter einfach blöd dastehen lassen.

„Sieh du mal lieber zu, dass *du* schleunigst hier wegkommst, denn hier wohne *ich*!"

„Frida, es reicht jetzt!", Kathrin musste den Streit von oben aus der Wohnung mitbekommen haben, sonst wäre sie nicht mit vollem Tempo das Treppenhaus hinuntergestürmt.

„Die Wohnung gehört immer noch mir. Du wohnst hier, weil du meine Tochter bist. Peter hat aber genauso ein Recht, hier zu sein wie du."

Genauso ein Recht? Hatte sie das richtig gehört? Unfassbar! Frida war sprachlos.

„Okay, ich geh dann mal. Wollte euch nicht den Abend versauen", murmelte Conny

Woher nahm er bloß diese Gelassenheit in seiner Stimme?

„Aber", Frida versuchte zunächst ihn aufzuhalten, doch womöglich war es der bessere Weg, ihn erst einmal gehen zu lassen. Sie würde ihm später noch eine SMS schreiben. „Na gut, ciao. Und danke!"

Ehe Kathrin, geschweige denn Peter weiter mit Frida reden konnte, war sie bereits in der Wohnung verschwunden. In ihrem Zimmer angekommen, nahm sie sich eines der vielen Bücher aus ihrem Regal und fing an zu lesen. Für einen kurzen Moment wollte sie einfach nur abschalten, und auf ihre Bücher konnte Frida sich immer verlassen. Sie waren da, wenn sie sie brauchte. Sie entführten sie in eine Welt, die noch in Ordnung war, in der sie sich keine Gedanken um ihren Vater machen musste und in der das angeknackste Verhältnis zwischen ihr und ihrer Mutter keine Rolle spielte. Dieser kurze Augenblick, ohne Sorgen und ohne Angst, tat ihr gut.

Später am Abend machte Frida sich zügig fertig zum Schlafen und fiel müde in ihr Bett. Sie ließ den anstrengenden, ereignisreichen Tag Revue passieren. Mit Peter konnte sie seit heute gar nichts mehr anfangen. Sie hatte es aufgegeben, aus Respekt gegenüber ihrer Mutter freundlich zu ihm zu sein. Peter war ein Idiot, basta. Vor der Trennung ihrer Eltern war alles besser gewesen. Und jetzt? Wenn sie bloß die Zeit zurückdrehen könnte.

Doch dann hätte sie Conny mit Sicherheit nie kennen gelernt. Innerhalb kürzester Zeit hatte sie jede Menge Vertrauen zu ihm aufgebaut. Schon verrückt, im Moment war er fast die wichtigste Person in ihrem Leben.

14. Kapitel

Dunkelheit / Uhrzeit ungewiss

Sie erwachte aus ihrem unruhigen Schlaf. Sie hatte keine Ahnung, wie spät es war und wie lange sie schon hier vor sich hin vegetierte. Es schien, als wären es Wochen, gar Monate, seitdem *er* sie gefasst hatte.

Schon bei dem Gedanken an ihn beschleunigte sich ihr Herzschlag. Schmerzhaft schnell pochte er gegen die Rippen.

Beruhige dich, ermahnte sie sich, schloss die Augen und atmete tief ein. Dennoch zuckte sie zusammen, als sie Schritte vernahm, die sich von außen der Tür näherten. Es waren schwerfällige Schritte und ein schleifendes Geräusch.

War er hier? Oder kam endlich jemand, um sie zu retten?

Schlüssel drehten sich im Schloss. Vor Angst erstarrt, blickte sie gebannt zur Tür. Das klackernde Geräusch war schrecklich laut. Es dauerte eine Ewigkeit, ein Wimmern blieb in ihrer Kehle stecken.

Als sich die Tür öffnete, senkte sie ihren Blick hastig auf ihre Füße – und zuckte innerlich zusammen. Ihre Zehen waren blau vor Kälte, sie spürte sie schon lange nicht mehr. Einer ihrer teuren Schuhe lag in der Ecke, der andere hing noch lose an ihrem Fuß. Das Paar war vollkommen ruiniert.

Sie sah hoch.

Keine Hilfe. Kein Ende dieses Psychoterrors. *Er* war es!

Jegliche Hoffnung in ihr war mit einem Schlag erloschen. Irgendetwas Schweres hatte er zu Boden fallen lassen. Im ersten Moment konnte sie nicht genau erkennen, was es war. Nach und nach erfasste ihr Blick, was er mit in ihr Verließ gebracht hatte. Schlagartig versteifte sich jede Faser ihres Körpers. Ihr war, als bestünde sie aus Eis, als könnte sie jeden Augenblick einfach so zerbrechen.

Auf dem Boden vor ihr lag ein Mann. Blutend, nicht bei Bewusstsein. Er trug billige Kleidung, war klein, dicklich und hatte eine Glatze.

Oh Gott, bitte, lass ihn am Leben sein.

Bevor sie hierhergekommen war, hatte sie nie gebetet. Jetzt tat sie es, weil sie sonst nichts tun konnte. Vielleicht half es ja.

„Hallo Isabella." Beim Klang seiner Stimme zuckte sie zusammen, wie von selbst wanderte ihr Blick zurück zu ihren Füßen. Hatte er anfangs noch gestottert, hörte er sich nun selbstbewusst an, dunkel und bedrohlich. Sie hasste es, seine Stimme zu hören, ihn anzusehen.

„Sieh mal. Ich habe dir jemanden mitgebracht. Damit du nicht so alleine bist." Er lachte. Ihre Hände zitterten so sehr, dass die Fesseln an ihrer Haut scheuerten.

Er kam auf sie zu, ging in die Hocke. Plötzlich griff er nach ihrem Kinn und bohrte seine Finger schmerzhaft fest in ihren Kiefer. Vor Angst bebend war sie gezwungen, ihn anzusehen. Seine frostigen, grauen Augen fixierten sie. „Du wirst doch freundlich zu ihm sein, meine Liebe, nicht wahr?" Hastig nickte Isabella. Es war ihr egal, ob seine Worte Sinn machten oder nicht. Solange er bekam, was er wollte, tat er ihr nicht weh.

Wieder lachte er auf, kalt und spöttisch. „Natürlich wirst du das."

Mit diesen Worten wandte er sich ab und verließ den Raum. Sie verfolgte noch einen Augenblick seine Schritte hinter der wieder verschlossenen Tür. Nur um sicherzugehen, dass er wirklich fort war. Erleichtert sackte Isabella zusammen. Einmal mehr hatte sie seinen Besuch lebend überstanden. Wie oft würde sie das noch schaffen?

Eilig blickte sie zu dem am Boden liegenden Mann. Was war mit ihm passiert? Sie starrte auf seine Brust, glaubte eine leichte Bewegung erkennen zu können. Doch ihr schwindelte so stark, dass sie sich nicht sicher war. Probeweise beugte sie die Knie. Ihre Muskeln schmerzten höllisch. Trotzdem stützte sie sich auf ihre gefesselten Hände, rutschte langsam Stück für Stück zu ihm hinüber. Dabei schrammten ihre Beine über den unebenen Steinboden, sodass ihre Haut aufschürfte. Sie biss die Zähne aufeinander und rutschte weiter, bis sie neben dem bewusstlosen Mann kauerte. Was sollte sie nur machen, wenn er tot war? Bei diesem Gedanken überkam sie Übelkeit.

Sie legte ihre Hände auf seinen Hals, versuchte mit einem ihrer Daumen seinen Puls zu fixieren. Gespannt, atemlos wartete sie – und tatsächlich. Sie konnte etwas spüren. Ein leichtes, aber regelmäßiges Beben an seiner Halsschlagader. Erleichtert atmete sie aus. Er lebte.

Warum war er hier? Sie kannte ihn nicht, was hatten sie also gemein? Es musste doch eine Verbindung zwischen ihnen geben …

Sie wusste nicht, wie viel Zeit vergangen war, als sie erneut Schritte vernahm. Ihre Augen fühlten sich gereizt und ausgetrocknet an. Ihr Blick ruhte auf dem Mann. Sein Oberkörper zitterte, und jeder Atemzug schien eine Qual zu sein.

Nein! Er kommt zurück! Eine Panikwelle überkam sie, verzweifelt riss sie an ihren Fesseln. Der Schlüssel rasselte erneut im Schloss, ihr Herz stand still.

Er hatte den Raum betreten, doch Isabella konnte ihn, geblendet von seiner Taschenlampe, nicht erkennen.

Dann schloss er die Tür und richtete den Lichtkegel auf den Boden. Jetzt sah sie ihn.

„Oh, dein neuer Mitbewohner schläft immer noch", ein beängstigendes Lächeln umspielte seine Lippen, „hast du nicht versucht, ihn zu wecken, meine Liebe?"

Isabellas Herz machte einen schmerzhaften Satz, als er sie ansprach. Sie musste sich zwingen, den Kopf zu schütteln.

„Nicht?", fragte er, scheinbar überrascht. Der Lichtstrahl der Taschenlampe legte merkwürdige Schatten auf sein Gesicht, ließ sein Lächeln wie eine groteske Fratze wirken. Sie schauderte. „Nun, dann müssen wir das wohl nachholen."

Er kam langsam auf sie zu, schaute sie nicht an und blieb neben dem bewusstlosen Mann stehen.

„Aufwachen!", befahl er grob. Seine Stimme hallte von den Wänden wider, und Isabella verspürte das Bedürfnis, sich die Ohren zuzuhalten. Der Mann regte sich nicht.

Er trat ihm in die Seite. Isabella schrie kurz auf. Der Mann stöhnte und seine Augen öffneten sich einen Spalt. „Wach auf!", wiederholte er.

Der Unbekannte musste mehrmals hintereinander blinzeln, bevor er es schaffte, die Augen offen zu halten. Verwirrt sah er sich um. Isabellas Magen krampfte sich zusammen. Sie konnte nur allzu gut nachvollziehen, wie er sich fühlte. Zitternd versuchte er sich aufzurichten, brach jedoch kraftlos wieder zusammen. Ächzend probierte er, sich an die Rippen zu fassen, wurde jedoch von den Fesseln daran gehindert. Isabella wimmerte.

„Wo … wo bin ich?" Er sah sich um, sein Blick blieb erst an Isabella haften, dann richtete er sich auf *ihn*.

„Sie!", stieß er aus, plötzlich lebhaft geworden. Isabella zuckte bei dem geringschätzigen Ton zusammen. Das würde *ihm* ganz und gar nicht gefallen.

„Große-Everkamp, überrascht, mich zu sehen?“ Er lächelte höhnisch.

„Wo sind wir?“, wiederholte der Mann, „ich verlange sofort zu wissen, was hier los ist.“

Drohend richtete er sich über ihm auf. „Hier haben Sie nichts mehr zu verlangen.“

Isabella verkrampfte sich bei seinem harschen Tonfall. Doch dieser Große-Everkamp fuhr unaufhörlich fort: „Sieh mal einer an, Sie können ja doch sprechen.“

Er schlug zu. Seine flache Hand klatschte auf Große-Everkamps Wange und schleuderte seinen Kopf zur Seite. Unwillkürlich keuchte Isabella auf, wollte den Blick von seiner blutigen Nase abwenden, doch sie konnte nicht. Atemlos, wie gebannt beobachtete sie die Szene zwischen den Männern.

Große-Everkamp spuckte Blut aus und knurrte abfällig. „Da entführen Sie eine hilflose Frau und Ihren ehemaligen Chef und schon denken Sie, Sie könnten tun, was sie wollen. Auch Sie stehen nicht über dem Gesetz, Freundchen.“

Ihr Entführer bleckte sichtlich wütend die Zähne: „Dadas werden wir ja noch sehen.“

Es war kein gutes Zeichen, wenn er stotterte. Er wurde wütend, unberechenbar.

Dieser Große-Everkamp machte jedoch einfach weiter: „Sie hatten schon immer hirnrissige Ideen. Selbst der Job in der Bibliothek war zu hoch für Sie.“

Ein seltsamer Ausdruck trat in die Augen ihres Entführers. Als könnte er es nicht fassen, dass sein alter Chef sich ihm hier, in seiner Welt, derart widersetzte. Isabella konnte es ja selbst nicht begreifen. Hatte dieser Mann gar keine Angst? Wenn er so weitermachte, würden sie beide hier garantiert nicht lebend herauskommen!

Erneut schlug er Große-Everkamp ins Gesicht. Isabella zuckte zusammen. Sie konnte nichts dagegen tun. Große-Everkamps Gesicht blutete stark, doch sein Mund verriet grimmige Entschlossenheit.

„Sagen Sie uns, warum wir hier sind", forderte er ihn auf. Sein Ton war immer noch unnachgiebig. Isabella wollte ihn stoppen, wagte jedoch nicht zu sprechen.

„Das wissen Sie ganz genau!"

„Nein! Ich habe keinen blassen Schimmer, wieso ich hier bin!"

Augenblicklich verzerrte sich das Gesicht ihres Peinigers zu einer zornigen Grimasse, und Isabellas Blut gefror. Mit voller Wucht stürzte er sich auf den am Boden liegenden Große-Everkamp, presste ihn auf den kalten Stein, drückte die Knie auf seinen verletzten Brustkorb und drosch mit den Fäusten auf ihn ein.

Wie ein wildes Tier. Dieser Mensch war zu allem fähig. Das hatte Isabella schon vorher gewusst, aber jetzt sah sie das ganze Ausmaß seiner grausamen und verkümmerten Persönlichkeit. Die Aggressionen platzten aus ihm heraus, als seien sie zuvor in ein viel zu kleines Korsett geschnürt gewesen.

Vor Isabellas Augen tanzten rote Punkte.

„Bitte", wimmerte sie, doch niemand hörte ihr zu. Sie musste würgen und ein stechender Schmerz begann erneut in ihrem Kopf zu pochen.

„Aufhören!", schrie sie hysterisch, „bitte, hören Sie auf!"

„Sei still!", fuhr er sie an, dann schüttelte er Große-Everkamp, bis dieser die Augen wieder öffnete. Er packte ihn an der Gurgel und drückte zu. Große-Everkamp wehrte sich, aber er war gefesselt und verletzt. Bald schon lief sein Gesicht blau an.

Isabella kreischte auf, zog an ihren Fesseln, bis ihre Handgelenke bluteten. „Hören Sie doch endlich auf!“, flehte sie entsetzt.

Er drehte sich zu ihr um, der Blick seiner grauen Augen schien sie aufzuspießen. Bedrohlich langsam wich er von Große-Everkamp zurück, stand auf und kam auf sie zu. Große-Everkamp keuchte auf. Isabellas Atem hingegen beschleunigte sich drastisch. Er beugte sich über sie, nahm ihr Kinn fest in seine Hand und schlug zu. Hart traf seine Hand auf ihr Gesicht, schleuderte ihren Kopf gegen die Steinwand.

„Ich habe dir doch gesagt, du sollst ruhig sein“, sagte er, doch sie nahm ihn kaum noch wahr. Heftiger Schmerz überrollte sie.

Um sie herum wurde es schwarz.

15. Kapitel

Mittwoch / Botanischer Garten Münster / 07:00

Dieter Holtgrefe empfand die Herbstsaison als ganz schön trostlos. Alles ging dem Ende zu. Die hängenden Blütenköpfe verursachten eine bedrückende Stimmung in ihm, dem Mann, der die Schönheit der Blumen anbetete, der sie hütete und pflegte wie niemand sonst.

Als Erstes schloss er nur das Tor für die Mitarbeiter auf, denn der Botanische Garten war um diese Zeit für Besucher noch nicht zugänglich. Er ging zu den Gewächshäusern im hinteren Teil des Geländes, wo seine Arbeitskleidung hing, stieg in die Gummistiefel, zog sich Regenjacke und Gartenhandschuhe über und holte seine Arbeitsmaterialien aus dem Schuppen. Auf seinem üblichen Weg durch den Park betrachtete er den Boden, auf dem sich viel Laub angesammelt hatte. War es gestern auch schon so windig und kalt gewesen? Der feuchte Boden lag wieder unter einer dicken Schicht aus rötlich buntem Herbstlaub. Zu dieser Jahreszeit hatte er viel zu tun, denn bald würde es Bodenfrost geben. Er legte eine Schaufel und einen Rechen in seine Schubkarre und zog sie zum Garteneingang hinter dem Schloss. Dort streifte er sich die schon schmutzigen Arbeitshandschuhe über seine großen Hände, die von den vielen Jahren der Gärtnerarbeit stark gezeichnet waren.

Der Job war hart, keine Frage, aber er liebte ihn. Es machte ihm nichts aus, dass sein Wecker morgens um fünf klingelte, wenn halb Münster noch in den Federn lag. Es war sein Ritual: aufstehen, einen Tee aus selbstgezogener Kamille aufbrühen, den er nach der Dusche trank. Danach fuhr er immer mit seinem Auto durch menschenleere Straßen bis zum Schlossplatz. Es schien ihm, als erwarteten ihn dort seine Pflanzen, die Bäume, die Büsche und Farne. Genau deshalb war er damals Gärtner geworden, und er hatte die Entscheidung bis heute nicht bereut.

Er stellte sich vor eine Reihe kahler Bäume, die schon fast all ihre Blätter verloren hatten, und begann sein Tagewerk. Die Blätter türmte er zu kleinen Haufen, die er dann mit seinen Händen aufhob und in die Schubkarre legte. Sein Rücken schmerzte an diesem trüben Tag besonders, daher bückte er sich sehr vorsichtig, wohlbedacht, keine allzu anstrengenden Arbeiten zu verrichten. Es folgte eine monotone Routine aus Zusammenfegen, Bücken und Aufsammeln, die den ganzen Morgen andauerte, bis er sich schließlich zur großen Fläche östlich des Schlossgartens vorgearbeitet hatte.

Trotz des kühlen Wetters hatte er zu schwitzen begonnen, doch er dachte nicht daran, jetzt schon eine Pause zu machen. Er fuhr sich mit der Rückseite seiner Arbeitshandschuhe über die Stirn, um die Schweißperlen wegzuwischen.

Als er den Rechen wieder vom Boden aufheben wollte, stutzte er. Was waren das für Flecken auf dem Handschuhrücken? Dunkel, fast braun, aber keine Erde. Woher stammte das? Hastig streifte er den Handschuh ab, strich sich noch einmal über die Stirn, um sich zu vergewissern, dass dort doch eigentlich nichts sein konnte außer Schweiß. Als er wieder auf seine Finger herabschaute, erschrak er – es war tatsächlich Blut. Er tastete seinen Kopf ab, doch er fand keine Stelle, die schmerzte oder an der er sich unbemerkt gestoßen hatte. Das konnte nicht sein eigenes Blut sein. Mit voller Wucht traf ihn die Erkenntnis: Wenn es nicht sein eigenes Blut war – wessen Blut war es dann?

Er schaute sich mit zusammengekniffenen Augen um. Sein Blick blieb an der großen Blutbuche hängen, deren Stamm sich prächtig in der Erde verwurzelt hatte. Sie war einer seiner Lieblingsbäume hier im Botanischen Garten. So mächtig, ja fast schon majestätisch breitete sie ihre Äste über den Rasen aus. Fast so, als wolle sie ihn schützen. Langsam ließ er seinen Blick über den Stamm schweifen. Immer höher. Er liebte die Struktur der verwachsenen Borke und den Übergang, an dem sich der mächtige Stamm in unzählige Äste aufteilte. Doch was war das?

Zwischen den Ästen baumelte ein Schuh! Da hatte sich wohl wieder jemand einen Spaß erlaubt, denn Schuhe hatte er tatsächlich schon oft aus den Bäumen geholt. Doch irgendetwas schien dort oben außerdem noch zu sein. Ziemlich groß, dunkel … Noch konnte er es nicht genau erkennen. Moment! Stopp! Eine Hand? Sein Herz klopfte plötzlich heftig, seine Gedanken überschlugen sich. Was hing dort oben? In seiner Buche? In seinem Garten? Er konnte es nicht fassen, doch nach und nach zeigten sich die Konturen eines menschlichen Körpers. Er erstarrte schlagartig: Über ihm baumelte ein lebloser Mensch, dessen Haut schon bleich geworden war. So bleich wie die fast verwelkten Blüten der Herbstanemonen, die nur wenig weiter im Hochbeet wuchsen.

Er starrte die Leiche an, konnte einfach nicht glauben, was er sah. Mit ein paar vorsichtigen Schritten trat er näher und betrachtete den hängenden Mann. Bei der Vorstellung, wie sehr dieser Mensch wohl hatte leiden müssen, machte sich ein unangenehmer Druck in seiner

Magenhöhle breit. Die Haut im Gesicht und am Hals des Toten war durchzogen von tiefen Wundeinschnitten und blassgelben Flecken. Blut war durch den Stoff seiner Kleidung gesickert. An einigen Stellen waren dunkle Flecken auf seiner zerrissenen Jeans.

Der Mann hatte eine stabile, rundliche Statur, trug ein zerrissenes schwarzes Oberteil, seine Schuhe hingen offen an seinen Füßen. Um seinen Oberkörper war ein dickes Tau gewickelt, das ihn am Baum hielt, seine Arme fest aneinandergeschnürt. Nur die baumelnden Schnürsenkel tanzten noch im Wind.

Er musste jetzt reagieren, aus seiner Starre ausbrechen und die Polizei alarmieren. Hier war definitiv ein Mord passiert …

Als nach einer Ewigkeit drei Einsatzwagen der Polizei im Innenhof des Botanischen Gartens eintrafen, saß der Gärtner auf der Bank am Teich, zitternd und starr vor Entsetzen, aber immerhin in ausreichender Entfernung zur Blutbuche. Die Sirenen hatte er schon von Weitem hören können, das Heulen hallte lautstark an den Hausfassaden Münsters wider. Er war unfähig, den Uniformierten entgegenzugehen, die hastig aus den Autos sprangen.

Ein großgewachsener Polizist mit kleinem Unterlippenbart und schütterem Haar eilte auf ihn zu. „Haben Sie uns angerufen?“ Der Gärtner nickte.

„Dann sind Sie also Herr Holtgrefe? Mein Name ist Peter Pollmann. Ich muss Ihnen ein paar Fragen stellen. Am besten zeigen Sie mir zunächst einmal die Stelle, wo es passiert ist.“

Der Gärtner führte den Polizisten zur großen Blutbuche. Er war geschockt und betroffen. Er hatte Mitleid mit dem Opfer, aber gleichzeitig ärgerte er sich über die

Situation. Wie konnte es jemand wagen, diesen himmlischen Ort zu beflecken, sein Paradies, das er so pflegte und schätzte? Ein Mord, eine Bluttat an einem der friedlichsten Orte, die er kannte. Das wollte er einfach nicht wahrhaben!

Er schilderte Pollmann, wann und wie er den Toten entdeckt hatte. Gemeinsam mit dem Polizisten musste er noch einmal den Weg abschreiten, den er am Morgen genommen hatte. Als sie vor der Buche standen, schaute sich der Beamte noch einmal ganz genau um. Der Gärtner beobachtete Pollmann, wie dieser den Rasen untersuchte und Fotos von der Rinde machte. Dabei hatte er immer auch ein Auge auf die anderen Beamten, die rücksichtslos durch seine Beete marschierten und nach Beweismitteln suchten. Auch das Laub, das er so mühevoll zusammengekehrt hatte, wirbelten sie wieder auf. Als er die Buche betrachtete, fiel ihm plötzlich ein kleiner Zettel auf, der offenbar mit einem Nagel an den Stamm befestigt worden war. Auch der Polizist bemerkte ihn, und Holtgrefe sah, wie er ihn einsteckte. Wahrscheinlich ein Beweismittel. Nein, nicht wahrscheinlich. Er war sich sogar sicher, dass dieser Zettel vom Mörder stammen musste.

Wieder dachte er, dass der Herbst kein Grund zur Freude war. Alles, wirklich alles ging dem Ende zu.

16. Kapitel

Botanischer Garten Münster / 10:05

Als Pollmann um kurz nach zehn den Botanischen Garten auf dem Weg zu seinem Dienstwagen verließ, bekam er deutlich zu spüren, dass der Wind seit den frühen Morgenstunden kräftiger geworden war. Ein paar verirrte Regentropfen wehten ihm entgegen und besprühten seine Brille. Er vergrub die Hände in den Jackentaschen und ging mit langen Schritten zum Parkplatz. Die Finger seiner rechten Hand umfassten einen Plastikbeutel. Eigentlich sollte sich das darin liegende Beweisstück in diesem Moment auf dem Weg zur Polizeiwache befinden, um dort kriminaltechnisch untersucht und als Fundstück unter einer offiziellen Nummer registriert zu werden. Unter gar keinen Umständen hatte es in seinem Besitz zu sein.

Er spürte das dünne Papier unter der Plastikhülle. Wem würde es schon schaden, wenn er ein wenig Vorarbeit leistete? Er würde wohl kaum länger als den heutigen Vormittag brauchen, um herauszubekommen, was hinter den merkwürdigen Zeilen steckte, die auf das kleine Blatt gekritzelt waren. Da war er sich absolut sicher. Er könnte es dann immer noch zurück ins Präsidium schleusen.

Vor seinem geistigen Auge sah er die Sache schon seinen neuen Kollegen Holger Send in die Hand nehmen. „Hab schon ne Menge Erpresserbriefe entschlüsselt“, würde der wahrscheinlich mit einem ekelhaft überlegenen Blick auf das Stück Papier behaupten und Peter dann durch die Gläser seiner Designerbrille mustern. Nur um mal wieder damit anzugeben, wie *intensiv* er sich bereits während seines Studiums – inklusive Auslandssemester in den Staaten – mit kriminaltechnischer Textanalyse und linguistischer Tätererkennung beschäftigt hatte. Zum Kotzen.

Nein, er würde am Nachmittag zur Fallbesprechung auftauchen, und zwar mit glänzenden Ergebnissen. Zu Hause würde er sich gleich an die Arbeit machen.

Er schloss sein Auto auf und ließ sich ächzend hinter das Lenkrad fallen. Zu Hause. War Kathrins Wohnung das überhaupt? *Sein* Zuhause? Kathrin bedeutete ihm viel, doch die ablehnende Haltung ihrer Tochter war ihm unerträglich. Wenn er mit Frida zusammen an einem Tisch saß, ja, wenn sie sich schon für wenige Minuten gemeinsam in einem Raum aufhielten, war die Spannung kaum auszuhalten. Jede seiner Bemerkungen strafte Frida mit einem verächtlichen Augenrollen. Dass Kathrin da nicht härter durchgriff, war Peter ein Rätsel. Wahrscheinlich hatte sie ein schlechtes Gewissen, weil sie sich von Fridas Vater, diesem mickrigen Kunstfritzen, getrennt hatte. Seiner Meinung nach war Frida schon jetzt auf dem besten Wege, als verhätscheltes Trennungskind zu enden. Aber ihn fragte ja keiner.

Peter ließ den Motor aufheulen, setzte zurück. Zum Glück hatte er keine eigenen Kinder.

Sein Diensthandy klingelte, als er auf den Schlossplatz abbiegen wollte. Er schaltete die Freisprechanlage ein.

„Ja?“

„Pollmann, wir müssen reden.“

Kein Zweifel, das war sein Vorgesetzter.

„Gibt es was Neues im Fall?“

Ein Seufzen am anderen Ende der Leitung. „Nicht direkt. Es geht aber trotzdem um das Verhör mit dem Zeugen. Also erst mal: Das zweite Gespräch mit dem Holtgrefe im Präsidium hätten Sie ruhig auch übernehmen können. Das war eindeutig Ihre Aufgabe – auch wenn der Mann für den Fall wenig hilfreich war. Vermutlich ein Krimi-Fan, der nachts von Geheimgängen in seinem Schlossgarten träumt. Er fragte doch tatsächlich, ob wir am Osteingang die versteckte Tür inspiziert und in den Rosenbeeten nach Spuren gesucht hätten. Er faselte was von einer Kammer des Schreckens. Seit der *Tatort* Kultfaktor hat, können mir anscheinend Hinz und Kunz meine Arbeit erklären. Aber zurück zur Sache – ich rufe an wegen …"

„Vielleicht ist der Gärtner diesmal der Mörder?", ging Peter dazwischen.

Sein unsichtbares Gegenüber gab ein Schnauben von sich. „Dass Sie sich noch Zeit für Witze nehmen, ist unfassbar, Pollmann! Ich rufe Sie an, weil der Zeuge doch noch etwas zu sagen hatte, etwas äußerst Wichtiges sogar. Ganz offensichtlich haben Sie nämlich Beweismaterial dieses Mordfalls unterschlagen!"

Peter fluchte innerlich. „Von welchem Material reden Sie?" Er musste bremsen. Stau auf der Steinfurter. Auch das noch.

„Sagen *Sie*'s mir. Der Holtgrefe behauptet, Sie hätten bei der Tatortsicherung einen Plastikbeutel samt Inhalt eingesteckt. Ich brauche Ihnen ja nicht zu sagen, dass Sie sich auf ganz dünnem Eis bewegen!" Der Tonfall wurde merklich schärfer. „Was erlauben Sie sich eigentlich? Erst Ende letzter Woche der aggressive Umgang mit dem Zeugen von Dives – jetzt das! Auf eine plausible Erklärung bin ich äußerst gespannt, Herr Kollege!"

Peter spürte seine Wut immer zuerst als einen schweren Klumpen im Magen. Meist kroch sie dann langsam wie die heiße Lava eines Vulkans empor, staute sich an und nahm ihm den Atem – bis er explodierte.

So wie jetzt.

„Lassen Sie mich zufrieden mit Ihren lächerlichen Vorwürfen!“, blaffte er. Sein Kopf glühte. Aus den Augenwinkeln nahm er die Beifahrerin eines Bullis wahr, die neben ihm an einer Ampel gehalten hatte. Die Frau starrte ihn erschrocken durch die verstaubte Fahrzeugscheibe an.

Allein der Name von Dives hatte gereicht, um Peter in höchste Rage zu versetzen. Und wie zum Teufel kam dieser verdammte Gärtner dazu, ihn anzuschwärzen? Hatte sich ganz Münster gegen ihn verschworen?

Pollmanns Hände umklammerten das Lenkrad. Er spürte die kalten Schweißperlen, die sich auf seiner Stirn gebildet hatten. Doch bevor er seiner Wut weiter Luft machen konnte, zerschnitt die zischende Stimme seines Chefs die entstandene Pause.

„So reden Sie nicht mit mir! *Ich* leite diese Ermittlungen. Ich erwarte Sie heute Nachmittag auf dem Revier, Pollmann. Samt unterschlagenem Material natürlich, und zwar noch eine Viertelstunde vor Beginn der Lagebesprechung. Der Kollege wird Sie noch informieren, wann und wo. Und seien Sie verdammt noch mal pünktlich. Ihr Verhalten der letzten Zeit wird definitiv Konsequenzen haben, machen Sie sich darauf schon mal gefasst! Womöglich sollten Sie auch darüber nachdenken, sich für eine Weile beurlauben zu lassen.“

Pollmann wollte zu einer Erwiderung ansetzen, aber am anderen Ende der Leitung war bereits aufgelegt worden. Die letzten Worte seines Vorgesetzten rauschten noch immer in seinen Ohren.

Beurlaubung? Welch eine Beschönigung. Was kam als nächstes? Eine Suspendierung?

Nur mit Mühe gelang es Pollmann, in den nächsten Gang zu schalten, so heftig bebte seine Hand über dem Schaltknauf.

Er gab Gas. Lieferte er bis heute Nachmittag Ergebnisse, könnte sich vielleicht noch alles zum Guten wenden. Oh ja, er würde es ihnen zeigen. Jetzt erst recht! „Wäre doch gelacht …", presste er zwischen zusammengebissenen Zähnen hervor. Er würde beweisen, dass er ein fähiger Polizist war. Als Erstes musste er dazu diese verdammten Worte auf dem Zettel analysieren. Wenn er den Fall damit ein Stück weiter brachte, wäre die Arbeitsfreistellung vielleicht gegessen – und alles andere auch.

Ein Blick auf die Uhr. Ihm blieben wenige Stunden.

17. Kapitel

Cornelius' Wohnung / 10:10

Conny sah sie erstaunt an. „Was machst du denn hier?" Frida stand im Flur des zweiten Stocks eines renovierten Altbaus im Südviertel, Conny lehnte im Türrahmen.

„Hi, gut, dass du schon wach, äh, dass du zu Hause bist. Habe gerade zwei Freistunden und dachte, wir könnten die Zeit zur Vorbereitung der Galerieaktion heute Abend nutzen. Darf ich vielleicht reinkommen?"

„Na klar."

Connys WG war hübscher eingerichtet, als sie angenommen hatte. Im Wohnungsflur hingen Postkarten, um einen großformatigen Spiegel rankte sich eine Kürbis-Lichterkette.

„Die ist schon für unsere nächste Halloween-Party. Du hättest sehen sollen, wie meine Mitbewohnerin Emma die WG letztes Jahr dekoriert hat. Der Kühlschrank war voller Spinnweben und in der Badewanne schwammen …"

Ohne das Ende seiner Halloween-Geschichte abzuwarten, drückte Frida Conny eine Tasche in die Hand und ließ ihn im Türrahmen stehen. Vom Flur aus warf sie einen Blick in die Zimmer, deren Türen offen standen, und hatte anscheinend sofort gefunden, was sie suchte.

„Deins?", fragte sie und deutete tatsächlich in die richtige Richtung. Wie hatte sie das schon wieder so schnell herausfinden können? Dieses Mädchen hatte eindeutig kriminalistisches Gespür. Kein Wunder, dass sie jetzt beide mitten in diesem Fall steckten.

„Also gut, wir haben nicht viel Zeit. Hast du schon passende Klamotten rausgesucht? Du musst schließlich gut aussehen, wenn du heute zufällig bei dem mysteriösen Übergabetreffen in der Galerie auftauchst."

Conny schüttelte den Kopf, und schon verschwand Frida in seinem Zimmer.

„Dann zeig doch mal, was du da hast." Frida legte ihre Jacke ab und öffnete den Schrank. Ihr Blick wanderte über sein Chaos von T-Shirts, Jeans und Pullovern, die achtlos durcheinander im Schrank lagen.

„Meine Mutter würde ausflippen."

„Meine auch. Aber sie sieht´s ja nicht." Conny grinste.

„Sag jetzt nicht, das hat System."

„Sicher! Fein säuberlich sortiert nach meinen persönlichen Ordnungskriterien ..."

Frida verdrehte die Augen und tauchte in seinem Schrank ab.

„Ganz ehrlich – davon kann man ja nichts gebrauchen." Sie wühlte sich durch seine Sachen, zog eine Jeans nach der anderen heraus, offenbar auf der Suche nach etwas Bestimmtem.

„Hast du denn nichts Vernünftiges?"

„Wie bitte, nichts Vernünftiges?" Conny blickte Frida an. Ganz schön forsch, die Kleine. Stiefelte einfach so hier rein, nahm seinen Schrank auseinander und meldete dann auch noch Ansprüche an.

„Also bislang hat sich noch niemand über meinen Kleidungsstil beschwert." Er verschränkte die Arme vor der Brust.

Frida drehte sich zu ihm um und schlug einen versöhnlichen Ton an. „Schon gut. Ich sag ja gar nichts." Dann lächelte sie und hielt einen bunt gepunkteten Socken hoch. „Und den hier finde ich ehrlich gesagt sogar ganz ... adrett!"

Er schnappte ihr den Strumpf mit bösem Blick aus der Hand. Als er ihr breites Grinsen sah, musste er aber selber lachen. Schlagartig besserte sich seine Laune.

„Also gut, was hätte die junge Dame denn gerne?“ Er trat neben sie vor den Schrank. „Jeans geht jedenfalls immer.“

„Aber doch nicht in den Kreisen, in denen du dich jetzt bewegen sollst! Im *Silicion Valley* würde man dir die Jeans und den Schlabberpulli vielleicht abkaufen. Aber wer in Münster ist bitte so dämlich, einem Kerl in Jeans und ausgelatschten Sneakern den millionenschweren Financier abzukaufen? Du musst einfach ein bisschen schauspielern. Und dazu gehört auch das passende Outfit.“

„Ach, so ist das. Sonst heißt es bei euch Frauen doch immer, man solle ganz man selbst sein. Ganz natürlich, genauso, wie man ist. Sich nicht verstellen …“

„Notlügen kennst du aber, oder?“

„Ach, schlagfertig bist du also auch.“

Plötzlich hellte sich Fridas Miene auf. Sie musste wohl etwas Passendes gefunden haben.

„Na also!“, rief sie – und zerrte sein schreckliches altes Sakko samt Anzughose aus dem Schrank. „Das könnte es sein. Genau an so was hatte ich gedacht!“

„Ich wusste gar nicht mehr, dass der noch lebt. Muss noch von meinem Abiball sein.“

Frida hielt die Hose in die Luft und beäugte Conny dann skeptisch von oben bis unten.

„Nee, du, der passt sicher nicht mehr. In letzter Zeit hab ich doch etwas zugenommen“, versuchte Conny sich rauszureden. Auf gar keinen Fall würde er sich in dieses Spießer-Teil stecken lassen!

Doch Frida schien nicht mit sich verhandeln zu lassen. „Los, rein da. Keine Ausreden. Mit deinem Aufzug steht und fällt die ganze Aktion. Du willst doch nicht, dass das falsche Outfit nachher alles zum Scheitern bringt, oder?"

„Würden nicht Jeans und Hemd …"

„Nix da, Schluss mit der Diskussion. Wenn es deinem Ego hilft, denk an James Bond. Hast du den etwa schon mal im Schlabberlook gesehen?" Sie wühlte weiter in seinen Klamotten.

Den Meister aller Agenten ins Spiel zu bringen, hielt Conny für einen unfairen Schachzug. Aber sie hatte ja Recht, Kleider machen Leute. Vor allem reiche Leute.

Also dann. Er zog Shirt, Jeans und Socken aus, und nur mit Boxershorts bekleidet streckte er schließlich fordernd die Hand aus. „Dann gib mal her!"

Frida sah ihn an, schien kurzzeitig wie vom Blitz getroffen. „Äh – ja klar." Roboterartig drückte sie ihm den Anzug und ein Hemd in die Hand und machte sich auffällig schnell wieder daran, seinen Schrank zu durchforsten.

Conny schmunzelte. Sollte die selbstbewusste Frida etwa rot geworden sein?

Er schlüpfte in den Anzug. Der spannte zwar tatsächlich an einigen Stellen, dennoch war Conny sofort klar, dass im Großen und Ganzen die gewünschte Wirkung eintrat. Er fühlte sich alt und spießig.

„Reif und seriös, sehr gut!", sagte Frida, die gerade die Schranktüren schloss, nachdem sie kurzerhand seine anderen Klamotten in den Schrank zurückgeworfen hatte.

Etwas schien sie aber noch zu stören. Sie kramte in ihrer Tasche – und brachte eine grün-gelbgestreifte Krawatte zum Vorschein.

„Das ist doch nicht dein Ernst!" Entsetzt wich Conny einen Schritt zurück. Der Anzug, schön und gut, aber *das* da?

„Es ist die Krönung deines Outfits“, verkündete Frida feierlich. Dann fügte sie hinzu: „Von Peter. Ist kein Schmuckstück, ich weiß, aber für uns unerlässlich.“

Jetzt wurde es ihm zu bunt, im wahrsten Sinne des Wortes.

„Bleib mir weg mit diesem Fummel!“

„Hab dich nicht so – das gehört nun mal zum Dresscode“, warf Frida ein. Sie trat zwei schnelle Schritte auf ihn zu, legte den scheußlichen Satin-Schlips um seinen Hals und begann, ihn zu knoten. Mit den Händen in den Hosentaschen sah er ihr zu, wie sie dort direkt vor ihm stand und konzentriert das eine Ende um das andere schlang.

„Streckst du immer die Zungenspitze raus, wenn du nachdenkst?“, fragte er sie.

„Haha“, antwortete sie und verdrehte die Augen. „Dann mach das doch selbst!“

Er grinste, und als er nach der Krawatte griff, berührten seine Finger ihre Hand. Schnell zog Frida sie zurück, sah ihn aber weiter direkt an und wich nicht von der Stelle.

„Jetzt bin ich aber gespannt auf deine Krawatten-Künste.“

Er zupfte den Knoten zurecht und zog den Schlips fest.

„Ich bin zwar kein Anzugträger, aber Krawatte binden kann ich trotzdem. Altes Familienerbe vermutlich.“ Er grinste und Frida lächelte.

„Scheint ja doch zu was nütze zu sein, deine Kinderstube.“

Frida trat einen großen Schritt zurück und unterzog ihn einer weiteren Prüfung.

„Gut, ich glaube, so geht´s. Halt, deine Haare könntest du noch anders stylen. „Wie bitte?“, entfuhr es Conny.

„Na, ein bisschen Gel wäre nicht schlecht, hab zufällig was dabei, ich zeig dir mal kurz, welche Frisur ich meine.“

Sie stieg auf einen Stuhl hinter ihm, und Sekunden später spürte Conny eine klebrige Masse auf seinem Kopf, die langsam Richtung Nacken wanderte. Mit geübten Handgriffen machte sich Frida an seinen Haaren zu schaffen.

„Alter Schwede!", entfuhr es Conny wenige Augenblicke später. Er erkannte sich vor dem Spiegel selbst kaum wieder.

„Ich denke, du bist bereit, die Welt heute ein bisschen besser zu machen", sagte Frida und gab ihm feierlich die Hand. „Herr von und zu Dives. Ich baue auf Sie." Sie lachte und klopfte ihm auf die Schulter.

„Okay. Für den Weltfrieden", seufzte Conny.

„Übernimm dich nicht …", spöttelte Frida. „Aber du hast ja Recht. Oh Mann, ich will endlich wissen, was da los ist. Was hat mein Vater mit diesem Hugo zu tun? Und wo ist Isabella? Wenn wir nicht bald mehr wissen, werde ich noch verrückt! Die Aktion heute Abend *muss* einfach klappen …. So, ich muss los, die Bildung ruft. Viel Glück und halt mich bloß auf dem Laufenden."

18. Kapitel

Fridas Elternhaus / 14:30

Als Frida ein paar Stunden später den Schlüssel ins Schloss steckte, wusste sie schon, dass sie auch zu Hause kein Frieden erwarten würde. Trotz der Freistunden war ihr Schultag irgendwie lang und anstrengend gewesen, und wahrscheinlich saß Peter bereits auf der Couch. Sie dachte an die Zeiten zurück, als sie und ihre Mutter noch ein super Zweierteam gewesen waren. Manchmal hatten sie abends zusammengesessen, je nachdem, wann ihre Mutter frei gehabt hatte, ganz gemütlich vor dem Fernseher, mit Eis direkt aus der Schachtel, wie in einer kitschigen TV-Werbung.

„Mama, bin zu Hause!"

„Kathrin kommt erst in zwei Stunden!", ertönte Peters Stimme aus der Küche. Augenblicklich war sie genervt. Warum hatte ihre Mutter ihm bloß einen Zweitschlüssel machen lassen? Jetzt besetzte er die Wohnung bereits, wenn sie noch Taxi fuhr. Frida warf ihren Mantel über die Garderobe.

Wehe, der Typ saß am Familienlaptop, wie so oft, wenn er direkt von der Polizeiwache zu ihnen fuhr, um dort weiterzuarbeiten. Nach dem gestrigen Streit mit ihm hätte Frida eigentlich eher gedacht, dass er sich hier erst einmal nicht mehr blicken lassen würde. Aber wahrscheinlich hatte ihre Mutter wieder versucht, zu vermitteln.

Ein Blick durch die halboffene Küchentür machte ihre Befürchtungen wahr.

„Peter, ich brauch den Laptop für meine Hausaufgaben. Das weißt du doch."

„Schreibt ihr eigentlich nichts mehr per Hand?“ Peter blickte nur kurz auf, um sich dann wieder über die Tasten zu beugen. „Schüler heutzutage hängen auch nur noch vor dem PC. Hab gestern erst wieder in einem Artikel gelesen, dass aus diesem Grund die Quote der Rechtschreibfehler ...“

Frida verdrehte die Augen und goss sich ein Glas Wasser ein. *Schüler heutzutage.*

„Schon einmal was von Recherche und Lernplattformen gehört?“ Sie versuchte, ihre Stimme so abschätzig klingen zu lassen wie irgend möglich.

„Ein etwas netterer Ton würde dem Hausfrieden gut tun, Frida.“

„Wohl eher deine Abwesenheit“, murmelte Frida.

„Bitte? Fräulein, ich habe keine Lust, mich jetzt mit dir anzulegen und deine schlechte Laune zu ertragen. Ich hatte einen langen Tag – und er ist noch nicht vorbei.“

Mitleid war das Letzte, was Frida für Peter übrig haben würde.

„Ich habe doch nur gesagt, dass du mich bitte an den Laptop lassen sollst, Peter.“ Sie wandte sich zu ihm um und versuchte zu lächeln. Es misslang.

Peter ignorierte sie. „Heute Morgen wurde eine Leiche gefunden. Üble Geschichte.“

„Etwa eine Frau?“ Frida ließ ihr Französischbuch und Vokabelheft entsetzt auf den Küchentisch sinken.

„Nee, ein älterer Mann. Im Schlossgarten. So was gab’s auch noch nie. Und mit übel meine ich: übel viel zu tun. Muss dazu jetzt dringend was nachforschen.“

Sie verschränkte die Arme vor der Brust und sah ihn mit hochgezogenen Augenbrauen an.

„Er hing an einer der Buchen.“ Peter hatte die Stimme gesenkt. „Kein schöner Anblick.“

„Hat er sich da selbst …?“

„Eben kein Selbstmörder, sonst würde diese Sache ja gar nicht in meinen Aufgabenbereich fallen. Heute Morgen haben wir bereits eine Mordkommission gebildet.“

Ein schrilles Klingeln ließ beide zusammenzucken. Peter sah auf das Display seines Handys.

„Hast Glück. Das Gespräch könnte länger dauern. Wenn ich wieder zurück bin, brauche in den PC wieder.“ Er verschwand aus der Küche. „Ja, Rainer? Danke, dass du zurückrufst. Ich muss dir da was erzählen und brauche dringend einen Rat. Hör zu …“, hörte sie ihn noch sagen, bevor er die Tür hinter sich schloss.

Mit einem Seufzer zog Frida den Laptop zu sich heran. Peter hatte vergessen, den Internetbrowser zu schließen. Er hatte eine Suchmaschine geöffnet und schien tatsächlich gerade etwas zu recherchieren. Neugierig las Frida, was er in die Suchmaske eingegeben hatte.

Es waren vier sich reimende Verse, die ihr merkwürdig vertraut vorkamen. Sie las erneut.

Ich wage es, den Trieb herauszureißen / mein Richterspruch wird ‚Hängt ihn!' heißen. / Deine Worte wogen schwer, zu schwer / und dein Blut, es drängt nicht mehr.

Frida hielt inne.

Ich wage es, den Trieb herauszureißen …

Du einst zart und doch so fest … Die Gedichtverse aus der Galerie! Sie schienen dem Vers, den Peter in die Suchzeile eingegeben hatte, zu ähneln, ja mehr noch: Versmaß und Reimschema stimmten auf den ersten Blick überein. „Und dein Blut, es drängt nicht mehr“, flüsterte sie.

Eine männliche Leiche im Schlossgarten.

Erhängt an einer der Buchen.

Peters Stimme dröhnte in ihrem Kopf. Ein Gedicht, zwei Strophen, eine Leiche.

Sie muss verschwinden.

Hugo! Und ihr Vater! Frida wurde schwindelig, ihr war, als drehe sich die Küche um sie herum. Reglos vor Schreck fixierten ihre Augen den PC-Bildschirm, unfähig zu einer Reaktion. *Mein Richterspruch wird ‚Hängt ihn!' heißen.*

„Nein Rainer, schon in Ordnung." Peters Stimme ließ Frida zusammenzucken. Er musste nun wieder direkt vor der Küchentür stehen. „Wir sehen dann morgen weiter. Hm … hm."

Reflexartig drückte sie eine Tastenkombination. Screenshot. Abspeichern. Mailprogramm öffnen. Cornelius` Mailadresse eingeben. Datei hochladen.

Ihre Finger funktionierten wie Roboter. Ein Balken erschien. Ein weiterer.

„Ja, Rainer, genau."

Die Klinke der Küchentür bewegte sich bereits langsam nach unten.

„Das kriegen wir schon raus. Wär doch gelacht. Ja, danke nochmal, bis morgen!"

Ein dritter Balken. Datei geladen.

Senden.

„So, Frida, jetzt brauch ich das Ding aber wieder."

Browser schließen. Ein letzter Klick.

„Kein Problem. Muss eh noch mal los." Frida erkannte ihre eigene Stimme nicht. Sie klang so fern. Peter schien verblüfft, sagte aber nichts.

„Wartet mit dem Essen nicht auf mich."

Vor der Haustür atmete sie tief ein. Dann schloss sie ihr Fahrrad auf und versuchte währenddessen ihre Gedanken zu ordnen.

Die merkwürdigen Gedichtfetzen in der Galerie und jetzt auch noch bei einem Toten im Schlossgarten. Offenbar gab es da eine Verbindung. Nur welche? Und hatte ihr Vater etwas mit dem Verschwinden Isabellas zu tun? Diese Vorstellung schnürte Frida die Luft ab.

Sie musste sich schleunigst mit Conny darüber beraten. Frida trat noch fester in die Pedale und überfuhr sogar eine rote Ampel.

***

„Hey, du schon wieder,“ rief Conny erstaunt, als Frida das zweite Mal an diesem Tag unangekündigt vor seiner Wohnungstür stand. „Bitte sag jetzt nicht, dass ich noch andere Kostümierungen für unsere abendliche Spionageaktion anprobieren muss …“ Conny stutzte, als er Fridas Gesichtsausdruck sah. „Sag mal, Frida, du siehst ja aus wie der Tod! Ist was passiert?“

„Das kann man wohl sagen.“

Normalerweise beruhigten sie Fahrradfahrten durch Wind und Kälte. Ihre Gedanken ordneten sich wieder, und egal wie aufgebracht sie zuvor gewesen war – eine Viertelstunde auf dem Rad brachte sie ins Gleichgewicht. Das war heute anders.

Erschöpft ließ sich Frida auf den Schreibtischstuhl fallen, den Conny ihr anbot, nachdem er sie in sein Zimmer gewunken hatte.

„Öffne bitte mal dein Mailprogramm.“

„Mein Mailprogramm?“

Als sie nicht antwortete, tat er, um was sie gebeten hatte. Einige Sekunden später starrten beide auf den Screenshot, den Frida gemacht hatte.

„Was ist das?"

„Das googelt Peter gerade. Es steht im Zusammenhang mit einer Leiche, die im Schlossgarten gefunden wurde." Ihre Stimme klang dünn. „Ein Mann, aufgehängt an einer Buche." Sie erschauerte, als sie das sagte.

„Den Trieb herauszureißen … Deine Worte … Die Zeilen klingen doch wie …", setzte Conny an. Auch er war blass geworden. Frida zog den Zettel, den sie in der Galerie gefunden hatten, aus der Jackentasche und hielt ihn Conny entgegen.

„… wie das hier. Vermutlich ist es eine weitere Strophe." Verzweiflung stieg in ihr auf. „Conny, diese Zeilen gehören zusammen. Sie stehen mit Isabellas Galerie in Verbindung. Jetzt taucht eine Leiche auf. Und mein Vater steckt da höchstwahrscheinlich mittendrin. Was machen wir denn jetzt?"

Conny antwortete nicht, sah nur immer wieder von seinen Computerbildschirm auf den Zettel aus der Galerie und zurück. Die Stille war für Frida kaum zu ertragen.

„Conny!" Frida schüttelte seinen Arm. „Isabella ist verschwunden, mein Vater vermutlich in einen Fälscherskandal verwickelt, du hast eine Entführung beobachtet. Seit Tagen rennen wir irgendwelchen vagen Vermutungen hinterher. Und jetzt ein Mord. Ich meine – *ein Mord*!"

„Du glaubst doch nicht, dass dein Vater …"

„Nein! Nein, das kann nicht sein! Ich wette, er ist da in eine Sache hineingeraten und hat zu spät gemerkt, was daran alles faul ist. Aber einen Menschen umbringen – nein, das könnte er nicht."

„Okay, der Reihe nach. Es hilft nichts, jetzt durchzudrehen." Conny tat ein paar Klicks, sein Drucker rumorte und spuckte nach einer Weile den Screenshot mit den

Gedichtzeilen aus. „Wir besitzen Teile eines Gedichts, die im Zusammenhang mit einem Verbrechen stehen. *Mindestens* einem, besser gesagt. Und die Sache beginnt uns über den Kopf zu wachsen." Er sah sie an.

„Ehrlich gesagt, tut mir leid, mehr fällt mir im Moment auch nicht dazu ein." Er legte den Screenshot-Ausdruck und die zerknitterte Strophe aus der Galerie nebeneinander.

„Aber mach dir keine Sorgen Frida, wir werden schon irgendwie herausfinden, was es damit auf sich hat. Wenn beide Teile wirklich zusammengehören sollten …"

„Sie gehören zusammen, Conny!"

„Dann haben wir erst einmal einen klaren Vorteil gegenüber Peter und Co. Ich gebe jetzt einfach mal ein paar Schlagworte aus den beiden Strophen in die Suchmaschine ein. Vielleicht kommen wir damit schon weiter."

Frida hatte daran so ihre Zweifel. Vor allem, als sie sah, dass schon die gemeinsam eingegebenen Worte *Wille, Urteil* und *Richterspruch* bei Google nur auf Homepages von Rechtsanwaltskanzleien und Presseartikeln über Justizskandale leiteten. Andere Begriffsverknüpfungen führten ebenfalls ins Leere.

„In der ersten Strophe wimmelt es von Adjektiven. Gib die doch mal bitte ein."

Ohne große Hoffnung beobachtete Frida, wie Conny die Kombination *zart*, *fest*, *wirr* und *zitternd* in die Suchmaske tippte. Die Ergebnisse waren auf den ersten Blick jedoch auch unbrauchbar.

„Da kommt doch wieder nur Mist heraus." Frida sprang auf.

„Vielleicht sollten wir mit unserem Fund doch zur Polizei?" Conny scrollte die kläglichen Suchergebnisse hoch und runter.

„Spinnst du?“ Frida geriet immer weiter in Rage. „Es ist zu spät. Wir stecken schon viel zu tief drin. Willst du, dass rauskommt, dass wir in die Galerie eingebrochen sind? Und auch Papas krumme Geschäfte werden spätestens dann ins Visier der Polizei geraten. Das kann ich ihm nicht antun!“

Conny bedeutete ihr, sich wieder zu setzen. „Jetzt schau doch mal!“ Er hatte eins der Suchergebnisse angeklickt und überflog nun interessiert eine Website.

Frida verstummte. Ihr Herz klopfte schneller.

„Was ist das?“

„Unsere Adjektive haben uns auf ein Literaturforum geführt. Hier werden berühmte Werke klassischer Autoren aus dem 18. und 19. Jahrhundert interpretiert. Unter anderem *Die Judenbuche* von Annette von Droste-Hülshoff. Schau mal hier!“

„*Die Judenbuche* kenne ich aus der Schule.“ Im selben Moment erschrak Frida: „Der Tote hing an einer Buche im Schlossgarten! An einer *Buche*, Conny!“

„Na, das kann auch ein Zufall sein“, sagte Conny und klickte sich durch Inhaltsangabe und Personenbeschreibungen. „Aber Moment, hör mal!“ Er fuhr mit der Maus über einige Zeilen. „Das Eingangsgedicht in Drostes Novelle, verfasst in Paarreimen, besteht aus zwei Fragen und zwei Aufforderungen, in denen es um Moral und Schuld geht“, las er.

„Das Eingangsgedicht – ist es dort aufgeführt?“

Ein paar weitere Klicks, dann erschien ein PDF-Dokument mit der Vollfassung der *Judenbuche*. Frida begann, langsam die ersten Zeilen vorzulesen:

„Wo ist die Hand so zart, dass ohne Irren / Sie sondern mag beschränkten Hirnes Wirren, / So fest, dass ohne Zittern sie den Stein / Mag schleudern auf ein arm verkümmert Sein?"

Sie stockte. „So zart, so fest, Wirren, Zittern! Unsere Begriffe!"

Conny nickte. „Wer wagt es, eitlen Blutes Drang zu messen, / Zu wägen jedes Wort, das unvergessen / In junge Brust die zähen Wurzeln trieb, / Des Vorurteils geheimen Seelendieb? *Deine Worte wogen schwer*, heißt es in unserer zweiten Strophe. Passt auch."

„Genauso wie das Paarreimschema. Und die Buche."

„In den letzten beiden Zeilen des Eingangsgedichts klingt das Motiv der ‚Waagschale' noch mal direkt an", murmelte Conny.

„Leg hin die Waagschal, nimmer dir erlaubt! / Lass ruhn den Stein – er trifft dein eignes Haupt!"

Sie schwiegen.

„Wir brauchen mehr Informationen!", beschloss Conny dann. „Über Annette von Droste-Hülshoff weiß ich so gut wie nichts, geschweige denn über ihre *Judenbuche*. Nur, dass es eine Kriminalgeschichte ist – mit offenem Ende."

„Da müsste doch noch mehr herauszufinden sein. Du studierst doch Germanistik." Fridas Stimme klang ungewöhnlich hoch, und Frida wippte aufgeregt auf ihrem Stuhl hin und her.

Conny gab weitere Begriffe in die Suchmaske ein, die ihn schließlich auf die private Homepage eines Droste-Experten brachten. „Hier sind zwei Veröffentlichungen zur Droste von einem gewissen Stefan Reh aufgeführt."

Weitere Klicks führten auf eine knappe Personenbeschreibung ohne Foto. „Dieser Reh scheint sogar aus Münster zu kommen", rief Conny. „Stefan Reh", las Frida vor, „wissenschaftlicher Mitarbeiter am Germanistischen

Institut der Uni Münster bis 2011. Na also, 2008 hat er im Rahmen einer Tagung einen Vortrag über *Die Judenbuche* gehalten. Titel: Moral und Gerechtigkeit – eine Spurensuche in Drostes einziger Novelle."

„Hmm, Dozent in Münster? Der Name sagt mir nichts, bei dem hab ich jedenfalls keine Veranstaltung gehabt", murmelte Conny. „In letzter Zeit scheint er aber auch nichts mehr veröffentlicht zu haben", schlussfolgerte er aus den spärlichen Angaben der Homepage.

„Wir schreiben ihm!" Fridas Stimme klang entschlossen.

Conny formulierte eine kurze E-Mail. Frida schaute ihm über die Schulter, verfolgte jeden einzelnen Satz.

Sehr geehrter Herr Reh,
ich studiere Germanistik an der Westfälischen Wilhelms-Universität in Münster. In meiner Abschlussarbeit beschäftige ich mich unter anderem mit der Judenbuche *von Annette von Droste-Hülshoff. Hierfür würde ich gerne einige Experteninterviews führen.*
Wären Sie bereit, mir einige Fragen zu diesem Themengebiet zu beantworten?
Über eine Rückmeldung würde ich mich freuen.

Mit freundlichen Grüßen,
Cornelius von Dives

Er dauerte nur einige Minuten, bis Stefan Reh antwortete. Er musste ein richtiger *Judenbuchen*-Fan sein, dachte Frida, als sie seine Antwort las. Schon jetzt wies er sie auf verschiedene Interpretationsansätze und eigene Forschungsergebnisse hin. Vielleicht war er wirklich der richtige Mann für diesen Fall.

Er zeigte sich jedenfalls sehr interessiert und aufgeschlossen. Bereits am nächsten Tag hätte er gegen 15 Uhr Zeit für ein Treffen in der Bibliothek des Germanistischen Instituts, wo er aufgrund aktueller Literaturrecherchen einige Stunden zu verbringen gedachte. Conny und Frida sagten zu.

„Das Treffen morgen wäre also geritzt", bemerkte Conny, „bleibt heute noch die Spionageaktion in der Galerie." Mit etwas unsicherer Stimme fragte Frida: „Meinst du wirklich, dass wir das trotzdem durchziehen sollten? Ist das nicht viel zu gefährlich? Schließlich hat sich inzwischen ein Mord ereignet, der irgendwie mit der ganzen Geschichte zusammenhängt." „Tja", entgegnete Conny mit einem etwas gezwungenen Lächeln, „wenn wir die Polizei nicht einschalten wollen, bleibt wohl nur die James-Bond-Nummer. Das Treffen kann uns wertvolle Informationen liefern. Die Gelegenheit dürfen wir einfach nicht verpassen, wird schon schief gehen."

„Hmm, aber versprich mir, bloß vorsichtig zu sein", bat Frida mit sorgenvoller Miene.

„Was soll mir in deiner perfekt zusammengestellten Kostümierung schon passieren?", lachte Conny.

***

Um Viertel nach fünf brachen sie schließlich auf. Frida war noch ein Stück mit ihm gefahren, hatte aber schon einige Kreuzungen vor der Galerie einen anderen Weg eingeschlagen. Schließlich konnten sie nicht das Risiko eingehen, dass sie jemand vor der Galerie erkannte, womöglich hätten sie noch ausgerechnet Fridas Vater getroffen.

Der Himmel hatte sich im Laufe des Tages aufgeklart, und zwischenzeitlich war es sogar sonnig gewesen. Dennoch fror Conny auf seinem Fahrrad, denn er hatte keine Jacke mitgenommen. „Die passt nicht zum Rest“, hatte Fridas Urteil zu seiner Garderobe gelautet – und sie hatte ihn kurzerhand ohne Jacke losgeschickt. „Und schließ dein klappriges Rad bloß nicht direkt vor der Galerie ab. Sonst hilft auch der Anzug nicht!“

Sie denkt auch an alles, stellte er fest, als er die letzten Meter zur Galerie zu Fuß ging, genau wie beim letzten Mal. Vor der Galerie angekommen, musste er schlucken. Was hatten sie sich da nur für eine Aktion ausgedacht? Dann holte Conny tief Luft und trat ein.

Erst konnte er niemanden sehen. Langsam durchschritt er den Empfangsbereich. Hinter einer Tür raschelte und brummte es, vermutlich lief ein Aktenvernichter. Die Tür stand einen Spalt breit auf, und Conny konnte einen Mann erkennen. Von Conny abgewandt stand er vor einem massiven Schreibtisch und telefonierte. Offensichtlich hatte er nicht bemerkt, dass Kundschaft im Laden war.

„In Ordnung. Ja … ja, mache ich. Nein, bin gleich fertig und sonst ist alles bereit … Wieso später? Ja gut, es sind ja noch ein paar Minuten Zeit, wir haben erst Viertel vor sechs. Aber sieh zu, dass du rechtzeitig hier bist! Ich hab echt kein Interesse daran, dass der Typ mein Gesicht kennt … Nein, hab ich doch schon gesagt. Ja, okay, Hugo. Aber beeil dich!“

Er legte auf und steckte weitere Papiere in den Aktenvernichter.

Conny schlich ein paar Meter zurück, um den Eindruck zu erwecken, dass er gerade erst gekommen sei. Dann räusperte er sich, um sich bemerkbar zu machen. Der Mann zuckte zusammen und drehte sich um. Conny meinte, einen Anflug von Panik in seinen Augen aufblitzen zu sehen, als hätte man ihn bei etwas ertappt. Doch dann wich das Entsetzen einem professionell-freundlichen Ausdruck.

„Guten Tag, was kann ich für Sie tun?" Es war tatsächlich Jürgen Weber, der Vater von Frida.

„Guten Tag. Ich würde mich gerne bei Ihnen umsehen. Genauer gesagt, bin ich an einem Ihrer Kunstwerke interessiert."

„Tut mir leid, die Galerie hat heute geschlossen. Kommen Sie doch bitte morgen wieder, ja?" Er schritt auf Conny zu und bedeutete ihm mit einer freundlichen Handbewegung zu gehen.

Der wollte ihn ganz offensichtlich loswerden!

Aber warum? Weber sah mehrfach auf seine Uhr, er schien unruhig zu sein; und dass die Galerie an einem normalen Tag geschlossen sein sollte, kam Conny auch merkwürdig vor. Er durfte sich auf keinen Fall aus der Galerie lotsen lassen. Jetzt war Improvisation gefordert.

„Hören Sie, ich bin nur noch heute in Münster und gedenke eine größere Summe zu investieren. Dabei interessiere ich mich für ein ganz bestimmtes Objekt."

Mit langen Schritten ging Conny zielstrebig auf die Plastik zu, die ihm schon bei seinem ersten Besuch so gut gefallen hatte. „Ist sie nicht faszinierend?" Er ging zur Katzen-Skulptur und beugte sich demonstrativ so weit darüber, dass seine Nasenspitze fast an die Ohren der Katze gestoßen wäre. „Schon diese Oberflächenstruktur!"

„Ja, ja, ein schönes Stück. Aber es tut mir leid, diese Skulptur ist unverkäuflich. Wenn ich Sie jetzt bitten dürfte zu gehen."

Aber Conny ließ sich nicht beirren: „Aber ich muss sie haben, sie wäre der *perfekte* Schlussstein meiner Sammlung. Genau dieses Prachtstück würde meinen Salon um einiges aufwerten. In unserem Hause würde es sicherlich einen ganz besonderen Platz bekommen. Sagen wir, ich zahle Ihnen anderthalb."

„Anderthalb?"

„Millionen, natürlich." Er wusste nicht, ob er damit nicht zu hoch gegriffen hatte, aber tiefstapeln war in dieser Situation sicher nicht zu empfehlen.

Fridas Vater wand sich, er trat von einem Fuß auf den anderen. „Auch für alles Geld der Welt, ich kann sie Ihnen, wie gesagt, leider nicht verkaufen." Er schien noch nervöser zu werden.

Doch bevor Conny etwas darauf erwidern konnte, ertönte plötzlich eine Stimme vom Eingang her: „Frau Tieß!" Conny und Jürgen Weber sahen sich um. Vor ihnen tauchte ein Mann auf, groß, dunkelhaarig, ganz in schwarz gekleidet.

„Frau Tieß ist nicht im Haus", gab Jürgen Weber Auskunft.

„Und mit wem habe ich es dann zu tun?"

„Ich bin – ihr Mitarbeiter."

„Ich bin Herr Schneider, ich hatte mit Ihrem Kollegen telefoniert. Sind Sie informiert?"

Schneider. Diesen Namen hatte er doch vor kurzem noch irgendwo gehört! In Connys Hirn arbeitete es. Schneider … War das nicht …? Doch, das war der Mann, über den Hugo und Weber im *fyal* gesprochen hatten. *Die Kontaktperson*!

Jetzt wurde es spannend. Conny zog sich unauffällig etwas zurück, keinesfalls wollte er die Szene stören. Was für ein Glück, dass er etwas früher gekommen war! Dem Telefonat und Webers Gesichtsausdruck nach musste Schneider deutlich früher eingetroffen sein als verabredet.

„Äh, ja, ich weiß Bescheid", sagte Weber zögernd.

„Gut, dann will ich Sie jetzt mal ins Bild setzen. Richten Sie ihrer Chefin doch Folgendes aus: Ich bin hier als Herr Schneider. Aber ich bin nicht der, für den Sie mich halten. Mein Name ist Paul Heinrichs. Ich sehe, bei Ihnen klingelt's! Ich bin Sohn und Erbe des berühmten Künstlers Kurt Heinrichs. Und mir ist da etwas zu Ohren gekommen, das mir gar nicht gefällt."

Schneider, oder besser Heinrichs trat näher an Jürgen heran. Conny schien er in seinem Ärger überhaupt nicht zu bemerken. Kaum eine Schrittlänge trennte die beiden noch, und Heinrichs senkte die Stimme, zischte fast.

„Wie es scheint, verkaufen Sie hier in dieser Galerie ein Kunstwerk meines Vaters, dass ich überhaupt nicht kenne. Wie kann das sein?" Er funkelte Jürgen an. Dann schritt er an ihm vorbei und umrundete die Skulptur. „Ich möchte mal laut nachdenken. Nun, zum einen wäre es natürlich denkbar, dass ich nicht über Vaters gesamtes Œuvre in Kenntnis gesetzt worden bin. Erscheint Ihnen das wahrscheinlich? Mir nicht. Schließlich bin ich der Verwalter seines Erbes und kenne jedes einzelne Stück. Bleibt also nur – " Er drehte sich auf dem Absatz um und sah Weber direkt ins Gesicht. „Es ist eine *Fälschung*. Was für ein hässliches Wort …" Er schüttelte angewidert den Kopf.

„Eine Fälschung? Das ist doch absurd! Das kann überhaupt nicht sein! Am besten klären Sie das in Ruhe mit der Chefin, wenn sie wieder hier ist", versuchte Weber ihn zu beschwichtigen.

„Aber Sie sind ihr Mitarbeiter. Da sind Sie doch sicherlich kompetent genug, dass Sie mir sagen können, was das hier ist." Er zeigte auf die Skulptur.

„Die ist echt", stolperten die Worte aus Webers Mund.

„Wie bitte?"

„Es handelt sich um ein Original!"

„Das kann nicht sein."

„Ist es aber. Wir – Wir haben es durch einen glücklichen Zufall kurz vor dem Ableben Ihres Vaters erstanden. Auf einer Auktion. Aber könnten wir diese Diskussion vielleicht vertagen? Sie sehen ja, Kundschaft."

Paul Heinrichs streifte Conny mit einem Blick, schien aber durch ihn hindurchzusehen.

„Ich glaube vielmehr, Sie weichen mir aus. Und was könnte es da für einen Grund geben, wenn Sie sich nichts vorzuwerfen haben?" Er beugte sich über die Skulptur, kroch mit seiner Nasenspitze fast in die Figur hinein. „*Das hier* war niemals die Hand meines Vaters. Es ist eine illegale Kopie, eine Fälschung!"

Weber stand wie erstarrt da, mit aufgerissenen Augen, und sagte nichts.

„Und jetzt müssen wir dieses Unrecht wohl aus der Welt schaffen!" polterte Heinrichs weiter. Er griff nach einem Hammer, der als Bestandteil einer Installation in der Nähe lag, und kam damit drohend auf Jürgen Weber zu, der hinter einem Podest in Deckung ging.

Heinrichs holte aus, streckte sich zu voller Länge und ließ den Hammer mit geballter Kraft niedersausen. Doch der Schlag galt nicht etwa Weber, sondern dem steinernen Kunstwerk. Die spitze Seite des Hammers traf die Skulptur fast mittig. Unter der Wucht zerbarst sie, mehrere Splitter flogen durch den Raum. Dann fiel das Werkzeug polternd zu Boden.

Heinrichs bückte sich und hob ein abgeplatztes Stück auf. Zwischen Zeigefinger und Daumen eingeklemmt, hielt er es Weber unter die Nase. „Wenn man sich schon für so gerissen hält, einen der größten Künstler dieses Jahrhunderts kopieren zu können, sollte man sich wenigstens um das richtige Material bemühen. Das Stichwort lautet *Ibbenbürener Sandstein*. Und das hier …" – er zerbröselte das Material zwischen seinen Fingerkuppen – „… ist irgendein billiges Zeug. Kommen Sie am Freitag um 17 Uhr in den Steinbruch, und ich werde Ihnen vor Ort beweisen, dass ich Recht habe." Schnell ergriff Heinrichs ein größeres Fragment der zerstörten Skulptur und stieß mit drohendem Unterton und einem boshaften Lächeln hervor: „Dieses Beweisstück werde ich vorsichtshalber mal an mich nehmen. Wenn Sie nicht wollen, dass ich sofort zur Polizei gehe und Ihre verdächtigen Machenschaften direkt auffliegen lasse, dann sollten Sie sich am Freitag zusammen mit Ihrer Chefin im Steinbruch einfinden. Vielleicht können wir für diese pikante Situation, die doch für alle recht unerfreulich ist, dann auch ohne Polizei noch eine adäquate Lösung finden." Mit wehendem Mantel, das Skulpturenfragment unterm Arm, stürmte er in Richtung Ausgang. An der Tür drehte er sich noch einmal um. „Schönen Gruß auch an die Chefin!" Dann fiel die Tür hinter ihm zu.

Conny und Jürgen Weber waren wieder allein.

Nur ein paar Stücke, die sich noch von der zerschmetterten Skulptur ablösten und über den Boden kullerten, wiesen darauf hin, dass Conny und Jürgen in ihrem Verkaufsgespräch unterbrochen worden waren. Conny selbst machte sich keine allzu großen Hoffnungen, das Gespräch wieder da aufnehmen zu können, wo sie aufgehört hatten. Zumal das Objekt der Begierde nun ein einziger Trümmerhaufen war. Außerdem hatte er genug gesehen und gehört. Dieser Meinung war wohl auch Jürgen Weber.

„Verlassen Sie sofort das Gebäude oder ich vergesse mich“, presste er zwischen den Lippen hervor. Da sich der Hammer in seiner Reichweite befand und Weber so aussah, als sei er gerade zu allem in der Lage, nickte Conny ihm nur noch einmal zu und durchquerte so schnell es ging rückwärts den Raum. Sein Gegenüber immer fest im Blick schlüpfte er aus der Tür.

Bloß weg hier.

19. Kapitel

Donnerstag / Freiherr-vom-Stein-Haus / 14:50

Sie trafen sich um kurz vor drei am Landgericht. Frida war mit dem Bus gekommen, und die letzten Meter wollten sie gemeinsam über die Promenade laufen.

„Ich weiß zwar nicht, inwieweit dein Vater nun wirklich in die Sache verwickelt ist." Conny blickte Frida an.

„Aber es sieht echt nicht gut aus. Kunstfälscherei, das kann richtig Ärger geben."

„Ja, mach's ruhig noch schlimmer." Frida klang verzweifelt.

„Tut mir leid."

Betreten kickte Conny im Gehen ein paar Stücke Rindenmulch zur Seite, die sich auf den Asphalt der Promenade verirrt hatten. Für einige Momente waren beide mit ihren eigenen Gedanken beschäftigt. Sie liefen schweigend weiter, bis sie den gepflasterten Weg Richtung Innenstadt einschlugen. Das münstersche Schloss im Rücken, überquerten sie schon eine Minute später die große Straße am Schlossplatz, dann hielten sie sich links. Weit war es nicht bis zum Freiherr-vom-Stein-Haus.

Dann durchbrach Conny die Stille zwischen ihnen: „Jetzt bringen wir erst einmal in Erfahrung, was es mit diesem Gedicht auf sich hat. Immerhin haben wir einen echten Experten auftreiben können. – Irgendwann bin ich bestimmt auch mal so weit."

„Dazu müsstest du allerdings erst einmal dein Studium abschließen." Frida grinste.

„Ach, werden wir schon wieder frech? Das wird ein Highlight für dich. Als schlaue, fleißige Schülerin einen

Blick hinter die Kulissen des Uni-Lebens zu werfen. Den Tag musst du dir rot im Kalender anstreichen."

„Spinner. Ich bin doch nicht nur am Lernen!"

Überrascht sah er sie an. „Nicht? Na, da komm ich noch einmal drauf zurück."

Sie bogen in die Hofeinfahrt des Germanistischen Instituts ein. Vor ihnen lag in Form eines Hufeisens das Stein-Haus. Der leichte Nieselregen hatte sich wie ein Film auf die Fensterscheiben gelegt. Der Innenhof war menschenleer, aber übersät von Fahrrädern. Die dazugehörigen Besitzer saßen drinnen auf den Bänken der Cafeteria oder brüteten in den Seminarräumen. Eine Frau in einem leuchtend roten Mantel trat aus der Tür und versuchte umständlich, unter einem Regenschirm ihre Zigarette zu entzünden. Genüsslich blies sie den Rauch in die feuchte Luft.

„Ich präsentiere: das Germanistische Institut."

„Merkwürdig."

„Was?"

„Irgendwie hab ich mir das anders vorgestellt."

„Du meinst *universitärer*, gehobener, schmucker?"

„Vielleicht." Sie zuckte mit den Schultern.

„Das war immerhin mal ein Schulgebäude. Hast du nicht gesagt, du gehst aufs Stein-Gymnasium in Gievenbeck? Dann war das hier doch früher mal euer Schulgelände!"

„Stimmt."

„Na, das Schloss macht natürlich mehr her." Conny sah auf seine Uhr. „Aber jetzt sollten wir uns erst mal beeilen, es ist schon fast drei."

Mit langen Schritten eilten sie auf den Eingang der Bibliothek zu.

„Du kannst deine Tasche hier einschließen. Das heißt – du musst", erklärte er ihr und zeigte auf die blauen

Schließfächer im Eingangsbereich. Er beobachtete Frida, wie sie neugierig von einem Schließfach zum anderen ging. Jedes von ihnen war mit einem anderen Schriftsteller oder Fachbegriff aus der Germanistik beschriftet. Ob sie sich für Annette von Droste-Hülshoff entschied? Passen würde es ja. Doch Frida wählte Hans Magnus Enzensberger. Den Dichter mit den vielen Pseudonymen. *Dass sie den kannte!* Oder gefiel ihr bloß der Name? Er musste sie unbedingt einmal danach fragen.

„Ich bin dann soweit", sagte Frida.

„Dann also los!" Conny deutete auf eine Glastür. „Herr Reh erwartet uns in einem der Gruppenarbeitsräume."

Sie durchquerten die untere Etage und nahmen dann die Treppe ins Obergeschoss, wo die Gruppenräume untergebracht waren. Hier standen einige Schulbücher und didaktisches Material in hellen Regalen. Tische und Stühle komplettierten das Einrichtungsensemble. Conny und Frida lugten durch die Glasscheiben der zu den Gruppenarbeitsräumen führenden Eingangstüren. In einem Raum saß ein einzelner, kräftiger Mann mit braunen Haaren und einem kantigen Gesicht. Das musste der Droste-Experte sein.

„Entschuldigung, sind Sie Herr Reh?", fragte Conny beim Eintreten.

„Ja genau, der bin ich. Und Sie sind dann wohl …"

„Frida Weber und Cornelius von Dives", antwortete Conny.

„Sehr erfreut", erwiderte Reh monoton, machte aber keine Anstalten, sie weiter zu begrüßen.

Sie setzten sich dem Droste-Experten gegenüber. „Womit kann ich Ihnen also helfen?", fragte Reh.

Conny sah Frida an und ergriff dann das Wort: „Ich beschäftige mich im Rahmen meiner Masterarbeit mit den Begriffen *Schuld* und *Sühne* in deutschsprachiger Literatur und bin in diesem Zusammenhang auf Annette von Droste-Hülshoffs *Judenbuche* gestoßen. Allerdings fängt ihr Werk ja recht ungewöhnlich an …"

„Ich verstehe, worauf Sie hinauswollen. Ja, das Eingangsgedicht. Gleichzeitig das schönste und schlimmste, das mir je begegnet ist. Nein, es hat mir tatsächlich kein Glück gebracht, doch das soll Sie ja nicht stören. Nach welchen Informationen suchen Sie denn?"

„Wir benötigen natürlich keine bis ins Detail gehende Analyse", meinte Conny. „Eine grobe Zusammenfassung, ein Überblick über die Bedeutung des Gedichts in diesem Werk würde uns schon reichen."

Der Mann sah aus, als hätte er in eine saure Zitrone gebissen. „Nun gut. Wie Sie meinen. Aber ich bürge nicht dafür, wenn etwas ungesagt bleiben sollte."

Conny sah Frida aus den Augenwinkeln an. Merkte sie auch, dass der einen Knall hatte?

„Wir werden es überleben", kommentierte er trocken – was ihm prompt einen Stoß von Fridas Ellenbogen zwischen die Rippen einbrachte.

„Wie dem auch sei. Ich habe mal einen Vortrag gehalten, in dem es um genau dieses Gedicht ging. Möglicherweise hilft Ihnen das weiter. Veröffentlicht wurde es im Jahre 1842. Durch die beiden rhetorischen Fragen zu Beginn wird verdeutlicht, dass es keine irdische Macht gibt, der es gestattet ist, auf Vorurteile aufbauend zu verurteilen. Hier dargestellt durch das Bild des Steinwurfs, das uns ja bekanntlich schon in der Bibel begegnet. Jesu Worten folgend, die da lauten: *Wer von euch ohne Sünde ist, werfe den ersten Stein!*, muss sich in diesem Werk ein jeder eingestehen, dass auch die eigene Weste nicht weiß ist."

Meine Güte, der musste tatsächlich mal Dozent gewesen sein, so salbungsvoll, wie der sein Wissen ausbreitete. Bei manchen konnte Wissenschaft schon etwas groteske Züge annehmen. Anscheinend war der Typ aber immer noch ziemlich drin im Thema. Und wenn es ihnen weiterhelfen würde … Conny zwang sich, weiter zuzuhören.

„Die Botschaft lautet also: Wirf den Stein nicht! Ergo bedeutet das, dass der einfache Mensch nicht das Recht hat, einfach so Vorurteile zu fällen. Und der kleine Mensch hat auch nicht das Recht, Vergeltung zu üben. Das ist nur *ihm* vorbehalten."

„Wem vorbehalten? Gott?", fragte Conny.

„Gott, dem Schicksal, einer höheren Macht. Wir gaben ihm viele und keinen Namen, aber wir werden ihn nie verstehen. Denn unser Intellekt ist ihm nicht gewachsen. Aber wir müssen uns ihm beugen."

Abgefahrener Typ. Conny verzichtete auf weitere Nachfragen, und auch Frida saß still, aber mit aufmerksamem Blick da.

„Im weiteren Verlauf des Gedichts scheint es nun so, als wolle von Droste-Hülshoff darauf hinaus, dass alle Ungerechtigkeit auf Erden irgendwann einmal gerächt wird. Hier besonders zu beachten: der Stein, der *dein eigenes Haupt* trifft. Liest man allerdings den weiteren Text der *Judenbuche*, so wird deutlich, dass es ihr mit dieser Aussage keineswegs ernst war. Die Welt ist und bleibt vor allem eins: frevelhaft. Man muss seine eigene Rolle finden, man muss lernen, damit zu leben. Auf diese oder jene Weise."

Mit diesen Worten schloss Stefan Reh seinen Vortrag und ließ sich in seinem Stuhl zurücksinken.

Da er keine Anstalten machte, sich weiter zu äußern, fragte Conny vorsichtig: „War das alles?“ Stefan Rehs Augen weiteten sich. „Ich meine“, fuhr Conny fort, „denken Sie nicht, dass das Gedicht noch weitere wissenswerte Motive, Intentionen beinhaltet? Sie sind schließlich der Experte.“ Eigentlich wollte Conny seinem Gegenüber mit dieser Aussage weitere Informationen entlocken. Stefan Reh schien aber vor allem verärgert.

„Sie sagen es. Ich bin der Experte. Und der Experte hat Ihnen alles Relevante mitgeteilt. Das Gespräch ist hiermit beendet. Ich möchte jetzt gerne in Ruhe weiterarbeiten.“

Conny war sprachlos. Absolut lächerlich, wie sich dieser erwachsene Mann benahm. In der E-Mail hatte er noch hilfsbereit und freundlich geklungen, dann hatte er ihnen überengagiert einen Vortrag halten wollen, und jetzt kanzelte er sie ab. *Was war das für ein komischer Vogel?* Dieses Verhalten war so absurd. Fast wäre ihm doch noch ein dummer Kommentar rausgerutscht.

Zum Glück aber übernahm Frida das Reden.

„Gut, dann möchten wir uns bei Ihnen bedanken, dass Sie sich dennoch die Zeit genommen und uns ihre Interpretation vorgestellt haben.“

Stefan Rehs Kopf schnellte nach oben. Er sah einen kurzen Moment irritiert aus, schien sich dann aber zu fangen. „Das ist doch keine bloße Interpretation! Das ist eine ganze Lebensphilosophie!“, stieß er hervor.

In ihrer direkten Art erwiderte Frida: „Herr Reh, den Eindruck hatte ich bei Ihrem Vortrag auch. Ich bin zwar keine Germanistik-Expertin, aber Ihre Ausführungen klangen für mich zwischendurch eher nach einer Predigt als nach einem wissenschaftlichen Vortrag. Da fand ich die Websites, die ich zur *Judenbuche* angeschaut habe, irgendwie verständlicher. Ich bin mir nicht sicher, aber ich glaube, meine Deutschlehrerin wäre auch nicht so begeistert, wenn ich in einer Interpretation des Textes beschreiben würde, ‚worauf die Droste-Hülshoff' mit ihrem Gedicht denn ‚hinaus wollte' und mit welcher Aussage es ihr ‚keineswegs ernst' war, aber davon verstehe ich wahrscheinlich auch nicht genug. Trotzdem vielen Dank nochmal."

Herr Reh saß unbeweglich und erwiderte nichts, aber Conny konnte sehen, wie seine funkelnden Augen Frida fixierten. Die Stille, die sich plötzlich zwischen ihnen ausbreitete, hatte etwas entschieden Unangenehmes.

Conny räusperte sich schließlich. „Äh, komm, wir gehen", raunte er Frida zu. Sie nickten Herrn Reh kurz zu und standen auf, Conny nahm ihre Hand und zog Frida an Stefan Reh vorbei aus dem Raum. Der Experte blieb mit einem undeutbaren Gesichtsausdruck zurück.

„Komischer Kauz", entfuhr es Conny, als sie ins Freie traten. „*Wirf den Stein nicht!* Meine Güte. Was für ein verrückter Typ. Der macht einen ja wahnsinnig!"

„Ja, ziemlich verrückt – aber auch ziemlich harmlos", meinte Frida. „Brauchst du jetzt auch einen Kakao?"

20. Kapitel

Freitag / Freiherr-vom-Stein-Gymnasium Gievenbeck / 13:30

Was für ein Glück – Mathe fiel aus. Frida wollte die Gelegenheit nutzen, um mit Peter zu sprechen. Im Bus erwischte sie den letzten freien Platz. Hinten auf der Rückbank machte sie es sich neben einem Jungen gemütlich, durch dessen riesige, weiße Kopfhörer laute Hip-Hop-Musik dröhnte.

Sie griff in ihre Tasche und kramte ihr Handy raus. Wie gerne hätte sie Conny heute während der Schulzeit erreicht. Doch telefonieren war in ihrer Schule schier unmöglich. „Stein-Schüler fühlen sich wie in der Steinzeit", so hieß es in einem Zeitungsartikel, der kurz nach dem Umzug des Gymnasiums veröffentlicht wurde. An dieser Stelle hatte die Zeitung zu 100 Prozent recht gehabt. Die Schule war ein absolutes Funkloch.

Sie wählte Connys Nummer. Freizeichen nach Freizeichen. Mensch, er musste rangehen! Wo war er bloß? Wieso ging er nicht an sein Handy? Der Bus war bereits bei *Marktkauf* angelangt. An der Kaserne startete sie einen zweiten Versuch.

„Hallo?"

Na endlich! „Hey Conny! Ich bin's, Frida. Sag mal, was hast du gleich noch vor?"

„Mal sehen, vielleicht eine kleine Runde um den Aasee joggen."

„Sag mal, kannst du die Joggingtour vielleicht auf später verschieben? Wir müssen jetzt dringend zu Peter."

„Wie, hast du gar keine Schule?"

„Nee, Mathe fällt aus", erklärte sie kurz. „Ich möchte endlich die Sache mit dem ersten Gedichtsteil geklärt haben. Wie wär's um zwei am Coesfelder Kreuz? Ich denke mal, dass er zu Hause bei uns in der Wohnung rumlungert. Das ist ja nichts Neues."

„Gut. Ich versuche pünktlich zu sein."

Frida war erleichtert. Alleine wollte sie nämlich nicht dahin. „Prima, dann bis gleich!"

Sie steckte das Handy zurück in ihre Tasche und überlegte, wie sie Peter die Angelegenheit am besten erklären konnten. Am Uniklinikum stieg der Typ mit den überdimensionalen Kopfhörern aus. Endlich! Bei dieser Musik konnte sie sich einfach nicht konzentrieren.

Wow, nicht schlecht. Conny war quasi pünktlich wie die Feuerwehr. Nur vier Minuten und 32 Sekunden Verspätung, das musste ein neuer Highscore gewesen sein. Vom Coesfelder Kreuz aus gingen sie gemeinsam zu Frida nach Hause und besprachen ihr Vorgehen. Dort angekommen, hörten sie bereits Peters Stimme, als sie die Treppe hinaufstiegen. „Ich wusste doch, dass er hier ist!"

„Ich muss jetzt los. Du kannst gerne noch bleiben und dir was zu essen machen". Das passte perfekt. Kathrin war gerade auf dem Sprung, sodass Conny und Frida in Ruhe mit Peter sprechen konnten. Hoffentlich in Ruhe.

Wie erwartet, hatte der es sich auf dem Sofa gemütlich gemacht.

„Hey Peter", begrüßte Frida ihn, wobei sie versuchte, möglichst freundlich zu klingen.

„Hallo Frida! Schule schon aus? Und …?" Er schaute Conny an.

Ehe Peter sich weiter zu Connys Anwesenheit äußern

konnte, reagierte Frida schnell: „Mathe ist ausgefallen, und danach habe ich immer frei."

„Ach so, na dann. Gibt's irgendetwas? Ihr seht so aus, als ob ihr mir etwas sagen wollt?"

Frida und Conny nahmen auf dem Sofa gegenüber Platz. „Ja, da gibt es etwas, worüber wir mit dir sprechen wollten." Sie nahm ihre Tasche auf den Schoß und griff nach ihrem Kalender, aus dem sie einen Zettel holte. Vorsichtig und etwas nervös legte sie ihn vor Peter auf den Tisch.

„Du, einst zart und doch so fest,
mein Wille dich jetzt betteln lässt.
Beschränkte, wirre Worte quellen,
wie willst du zitternd jetzt dein Urteil fällen?"

„Sagen Ihnen diese Verse etwas?", fragte Conny. Bisher hatte er sich eher zurückgehalten. Wozu sollte er Pollmann auch aufregen? Im Moment schien sich die Beziehung zwischen Frida und Peter Pollmann etwas zu entspannen. Hoffentlich blieb das auch so! Frida sollte den größten Gesprächsanteil haben. Obwohl es wohl häufig Querelen gab, so musste Frida aber doch eigentlich einsehen, dass Pollmann offensichtlich zumindest bemüht war, eine gute Beziehung zu ihr aufzubauen.

Beim Anblick der Verse war Pollmann offensichtlich entsetzt. „Wo habt ihr das denn bitte her?!"

„Das können wir dir später gerne erklären. Aber erst einmal …"

„Wie, später? Von wegen. Ihr erklärt mir jetzt sofort, wo ihr das gefunden habt!", forderte Pollmann laut.

Frida versuchte den barschen Tonfall zu ignorieren.

„Also“, setzte sie so sachlich wie möglich an. „Wir haben die Vermutung, dass dieses Gedicht etwas mit Isabellas Entführung zu tun hat.“

„Welche Isabella?”

Conny mischte sich ein: „Jürgen Webers Isabella, Isabella Tieß. Wahrscheinlich hat auch er seine Finger im Spiel, denn …“

Dieser Kommentar war definitiv nicht abgesprochen gewesen! Bevor Conny noch mehr von der Sache mit der Skulptur-Fälschung preisgeben konnte, trat Frida ihm heftig auf den linken Fuß. Das musste gesessen haben. Sie durften bloß nicht noch mehr verraten, erst recht nicht vor Peter! Der verstand doch sowieso alles anders, als es gemeint war, und verarbeitete scheinbar auch nur die Hälfte von dem, was gesagt wurde.

„Wo habt ihr diesen Gedichtteil her?” Pollmanns Miene zeigte deutlich, wie entsetzt er war.

„Am Mittwochnachmittag hast du den Browser am Laptop nur minimiert, statt ihn komplett zu schließen“, setzte Frida an. „Da war doch klar, dass ich das öffnen musste, du weißt doch, wie neugierig ich bin.“

„Ich hatte am Mittwoch einen stressigen Tag. Schließlich hängt nicht jeden Morgen eine Leiche im Botanischen Garten! Das musste schnell geklärt werden.“

„Wie auch immer“, sagte Frida. „Auf jeden Fall gibt es zwei Gedichtsteile. Den einen von dir und diesen hier.“

„Und wie kommt ihr darauf, dass dieser hier” – Pollmann zeigte auf den Tisch – „mit der Entführung von Frau Tieß zusammenhängt?”

„Das ist eine lange Geschichte. Genügt die Kurzversion?”

„Hauptsache, ihr erklärt jetzt mal überhaupt irgendetwas.“

„Am Montagnachmittag hatten wir uns in der Stadt getroffen. Ich war ja komischerweise die einzige, die Connys Entführungsstory vom letzten Wochenende glaubte. Damit wollte ich ihn nicht alleine lassen. Zumindest ein bisschen was Wahres musste doch dran sein!"

„Mag sein", brummte Pollmann und vermied es offensichtlich, Conny anzusehen.

„Wir fuhren mit dem Rad zu Isabellas Galerie, denn im Radio hatte ich ihre Vermisstenanzeige gehört. Ich war mir sicher, dass Connys Beobachtung und Isabellas Entführung zusammenhingen."

Die genauen Geschehnisse überging Frida lieber.

„Jedenfalls … beim Betreten der Galerie sind wir auf diese Strophe gestoßen. Vermutlich eine Art Botschaft. Oder wie siehst du das?"

„Und was habt ihr in der Galerie gemacht?", hakte Pollmann nach. Frida war sofort auf der Hut. Was für eine Rolle spielte das? Hier ging es doch um eine Entführung!

„Wir mussten uns verstecken, denn es kam jemand. Ein Mann, der ein Telefonat führte. Wer das war, konnten wir nicht erkennen."

„Seid ihr eigentlich lebensmüde?“, polterte Pollmann plötzlich los. Frida versuchte, sich und Conny zu verteidigen; was hätten sie denn machen sollen? Untätig zulassen, dass vielleicht noch mehr Menschen entführt wurden?

Conny fuhr fort: „Das Telefonat endete mit einer Verabredung am nächsten Tag im *fyal*. Da bin ich unbemerkt hingegangen, um das Ganze weiterzuverfolgen. Es handelte sich wohl um irgendeine Skulptur, die verschwinden musste. Wahrscheinlich eine Fälschung …"

„Da seid ihr aber ganz schön kreativ!" Peter war merklich misstrauisch. Waren ihre Ergebnisse so unglaubwürdig? Frida startete einen weiteren Versuch, ihn von ihren Thesen zu überzeugen. Sie scheiterte.

„Frida, du solltest vielleicht erst einmal dein Abitur machen und dann etwas Vernünftiges studieren. Und Sie, Herr von Dives, konzentrieren sich lieber auf Ihr Studium, anstatt sich in fremde Angelegenheiten einzumischen! Und ich muss jetzt los, es wird Zeit." Pollmann stand zügig auf. Frida und Conny blickten sich enttäuscht an. Damit hatten sie nicht gerechnet.

„Ihr haltet euch ab sofort aus dieser Angelegenheit heraus und lasst die Polizei ihren Job machen. Die sind darin um einiges professioneller."

Aus Erfahrung wusste Frida, dass es keinen Sinn hatte, einen Peter Pollmann vom Gehen abhalten zu wollen. Dabei hatte das Gespräch doch so gut angefangen!

Als die Wohnungstür hinter Peter schloss, wurde Frida laut: „Was fällt dir eigentlich ein, meinen Vater namentlich zu erwähnen!"

Conny ließ sich wie immer in seiner ruhigen Art nicht stören. „Wo genau ist dein Problem? Das war doch nur ganz kurz. Seine Aufmerksamkeit hatten wir damit jedenfalls."

„Du hast meinen Vater da reingezogen! Es geht hier um Mord. Ist dir das klar?" Fridas Stimme zitterte verdächtig.

„Aber ich dachte, wir wollten jetzt reinen Tisch machen und der Polizei nichts mehr vorenthalten?"

„Auf Kosten meines Vaters?" Frida schien außer sich zu sein. „So macht das alles jetzt sowieso keinen Sinn mehr!"

„Ich glaube, ich geh jetzt lieber", sagte Conny.

Ehe Frida ihn aus dem Haus werfen konnte, stand er rasch auf und verließ ohne ein weiteres Wort den Raum. Frida stapfte in ihr Zimmer und ließ sich verärgert aufs

Bett fallen. Hatte sie Conny zu heftig angeschrien? Aber er konnte doch nicht einfach ihren Vater da mit reinziehen!

Was für ein elender Tag …

21. Kapitel

Nähe Ibbenbüren / 16:20

Biegen Sie rechts ab!", diktierte das Navigationsystem. Frida drosselte die Geschwindigkeit des dunklen BMW-Kombis und bog ab. Peter liebte diesen Wagen, das war ihr klar, er behütete sein Auto wie ein Kind. Wahrscheinlich würde er ihr den Hals umdrehen, sobald er bemerkte, dass sie ihn ungefragt ausgeliehen hatte. Aber es musste sein.

Schließlich würde sich ihr Vater gleich mit diesem Paul Heinrichs treffen. Am Steinbruch in Ibbenbüren, das wusste sie von Conny. Was jedoch niemand außer ihr selbst wusste: Auch sie machte sich genau in diesem Augenblick auf den Weg dorthin. Allein.

Etwas mulmig war ihr schon dabei, aber nach dem Streit mit Conny hatte sie natürlich auch ihm nichts von ihrem Plan erzählt. Und nicht zum Steinbruch zu fahren, das kam nicht in Frage.

Hoffentlich würde sich diese schreckliche Situation gleich aufklären! Wieso auch sollte ihr Vater in einen Kunstfälscherskandal verwickelt sein? Das konnte immer noch ein Missverständnis sein. Es *musste* einfach ein Missverständnis sein!

Aus dem Radio dröhnte *Modern Talking*, und Peters CDs waren auch nicht viel besser. Frida passierte die B 219. Der kleine Bildschirm des Navigationssystems zeigte an, dass es jetzt nur noch geradeaus ging. Wenig später tauchte vor ihr das Ortsschild von Ibbenbüren auf.

***

Das Gespräch hat ihn mehr aufgewühlt, als ihm lieb ist. Die Kleine und ihr etwas älter wirkender Kumpane haben einen wunden Punkt getroffen, haben eine ungute Saite in ihm zum Klingen gebracht, die er gerade erst wieder unter Kontrolle gebracht zu haben glaubte. Das Interesse der beiden an seinem Buch und vor allem an dem Gedicht ist sehr bedenklich. Das bedarf unbedingt seiner sofortigen Aufmerksamkeit.

Er spürt ein beunruhigendes und zugleich merkwürdig erregendes Kribbeln in seinen Adern. Aber es ist nicht das Gefühl einer diffusen Angst, dass man ihn erwischen und seine Pläne durchkreuzen könnte. Nein, das ist es nicht.

Es ist sein Jagdinstinkt.

Daher kam auch sein Entschluss, ihr zu folgen, wie von selbst. Und dieser Entschluss fühlt sich richtig an. Seine Hände umfassen das Lenkrad seines Wagens so fest, dass die Fingerknöchel scharf hervortreten. Wie gebannt haftet sein Blick an dem Wagen vor ihm. Auf der Jagd ist er. Er ist ihr schon sehr nah, ganz dicht auf den Fersen.

Dieses besondere Gefühl der Vorfreude treibt ihn an, die fiebrige Anspannung steigt. Ein nie gekanntes Selbstvertrauen leitet sein Fühlen und Denken. Er lässt sich nicht mehr in die Enge treiben. Nie wieder.

Als der Wagen vor ihm blinkt und auf einen Schotterweg abbiegt, fährt er langsamer. Direkt hinter ihr abzubiegen, hieße, die Deckung aufzugeben. Die aber braucht er noch. Das Blut rauscht in seinem Kopf.

Mit geschlossenen Augen atmet er scharf ein. Offensichtlich hat sie keine blasse Ahnung davon, dass sie verfolgt wird. Er lächelt. Für ihn ist sie ab jetzt Freiwild.

***

Als die unbefestigte Straße etwas breiter wurde, stellte Frida den Wagen am Wegrand ab. Sicherlich war das Parken hier verboten. Doch wer sollte ihr im Nirgendwo schon ein Knöllchen verpassen? Hier war keine Menschenseele.

Sie stieg aus und sah sich um.

Wie sie es sich gedacht hatte. Niemand in Sicht. Nur karger Waldrand.

Trotzdem sollte es laut Navi hier irgendwo sein. Sie verschloss den Wagen und ließ den Schlüssel in ihrer Handtasche verschwinden. Bis zum Steinbruch musste es von hier aus ziemlich weit geradeaus gehen. Frida schlug den Kragen ihrer Fleecejacke hoch und lief los.

Gelegentlich säumten hohe Bäume den Weg, durch ihre Wipfel flackerte gelbes Nachmittagslicht. Sie hatte nicht mehr viel Zeit, es wurde jetzt schon früh dunkel. Auch die Temperaturen sanken merklich. Als auch noch ein leichter Regen einsetzte, fluchte Frida. Dass ihr nicht in den Sinn gekommen war, eine Regenjacke mitzunehmen! ‚Mückenpisse' nannte ihr Vater solchen Nieselregen. Schlechtes Wetter war das Letzte, was Frida jetzt gebrauchen konnte.

Bald machte sich jeder ihrer Schritte mit einem schmatzenden Geräusch bemerkbar, und auf dem lehmigen Weg staute sich allmählich das Wasser in matschigen Pfützen. Frida konnte aber noch Abdrücke von Schuhen und Hufeisen erkennen, und da waren auch einige Furchen von Autoreifen. Die Spuren schienen ganz frisch zu sein. Es konnte also nicht lange her sein, dass ein Auto diesen Weg entlanggefahren war. Frida ließ ihren Blick über die Landschaft wandern. Aber es war nichts zu entdecken außer ein paar kahlen Büschen, Unmengen an Steinen und Geröll und einem Abhang, der sich einige Meter von ihr entfernt auftat.

Ein ungutes Gefühl machte sich in ihr breit. Vielleicht war es doch nicht so klug gewesen, alleine loszufahren? Mit einem energischen Kopfschütteln versuchte sie, ihren Anflug von Zweifel loszuwerden. Nun war sie schon einmal hier, da würde sie doch nicht einfach so umkehren!

Trotzdem griff sie in ihre Tasche und holte ihr Handy hervor. Conny würde ohnehin bald wissen wollen, wo sie steckte, Streit hin oder her. Da konnte sie ihm auch jetzt schon sagen, wo sie war. Sie tippte ein paar Zeilen in ihr Handy und drückte auf *Senden*. Doch nichts geschah. Mist, Funkloch! War ja klar. Auf dem Handy leuchtete die Fehlermeldung auf. Sie lief einige Schritte nach rechts, dann nach links, aber nichts tat sich. Kein Empfang. Das rote Warnsignal weigerte sich hartnäckig zu verschwinden. Verärgert drückte Frida die Nachricht weg. Dann eben nicht. Schließlich musste sie zusehen, dass sie weiterkam. Sie steckte das Telefon in ihre Tasche und folgte den Spuren.

Der Weg führte sie stetig in einem großen Bogen bergab. Es gab keine Abzweigungen, doch als Frida nach etwa fünf Minuten um eine enge Kurve bog, blieb sie wie angewurzelt stehen. In einiger Entfernung stand ein großer, dunkler Geländewagen.

Ob das wohl der Wagen von diesem Paul Heinrichs war? Teuer genug war er sicherlich. Und die Buchstaben *PH* im Kennzeichen deuteten auch darauf hin.

Frida sah sich um. Irgendwie hatte sie plötzlich das unangenehme Gefühl, dass jemand sie beobachtete. Doch auch als sie den Weg einige Atemzüge lang im Blick behielt, kam niemand in Sichtweite.

Sie zögerte innerlich, ging dann aber doch näher heran. Der Wagen schien leer zu sein. Ob das nun ein gutes Zeichen war? Sie war sich nicht sicher. Jedenfalls schien Paul Heinrichs schon hier gewesen zu sein, und zwar vor ihr.

Aber wo steckte er jetzt? Und vor allem: Wo war ihr Vater?

Wieder ließ Frida ihren Blick über die Umgebung schweifen. Der Weg, auf dem sie gekommen war, musste sie einmal um das Abbaugebiet herumgeführt haben. Eben noch hatte sie sich oberhalb des Geländes befunden, jetzt aber stand sie einige Meter weiter unten, kurz vor einer Art Freifläche. Sie wollte nicht, dass Heinrichs oder ihr Vater sie hier entdeckten. Und sie wollte sich natürlich auch keinesfalls überraschen lassen, falls sonst noch jemand hier war.

Am besten, sie suchte sich eine geschützte Stelle. Vorher aber musste sie sich unbedingt einen besseren Überblick verschaffen.

Nur wenige Schritte vor ihr erstreckte sich der Steinbruch. Er war eingefasst von Abhängen aus hellem Fels, die sich nun von allen Seiten um sie erhoben. In den offenen Bruchkanten waren verschiedene Gesteinsschichten zu erkennen, zwischen denen kleine, knorrige Sträucher wuchsen.

Frida trat näher an die Steinwand heran, schaute nach oben und blinzelte gegen den Regen. Diese kleine Gruppe von etwas dichteren Büschen sah doch ganz vielversprechend aus. Das Gelände war zwar weitläufig, aber vielleicht würde sie es trotzdem von dort oben überblicken können.

Sie legte ihre Tasche auf dem Boden ab, damit sie besser klettern konnte, und begann, den Steilhang hochzukraxeln. Die ersten paar Meter waren einfach, doch schnell wurde es steiler. Frida konnte sich nur langsam vorantasten. Schmutzige Hände waren ihr geringstes Problem. Der inzwischen stärker gewordene Regen weichte die Erde auf, und lose Steinchen gerieten ins Rutschen. Ihr inzwischen durchnässtes Fleece klebte an ihrem Körper, das Wasser lief ihr in dicken Krokodilstränen über die Wangen.

Sie hielt sich an ein paar dickeren Wurzeln fest und setzte den linken Fuß auf einen Felsbrocken. Ja, der würde sie halten. Sie stieß sich ab und suchte nach der nächsten Möglichkeit, sich festzuhalten. Plötzlich riss es ihr die Beine unter ihrem Körper weg.

Erschrocken stieß sie einen Schrei aus. Der Stein, auf dem sie gestanden hatte, hatte sich aus dem matschigen Untergrund gelöst und stürzte nun den Hang herunter. Etwa zwei Meter schlitterte sie unkontrolliert das Geröll hinab. Nur nicht nach unten sehen! Instinktiv griff sie nach einem Grasbüschel, bekam es kurz zu fassen, doch ihre Finger rutschten an den nassen Halmen ab. Panisch suchte sie mit den Füßen nach festem Halt, bis sie einen winzigen Steinvorsprung spürte. Das war ihre Chance!

Energisch grub sie ihre Nägel in den matschigen Untergrund. Weitere Steine lösten sich und fielen herab. Ihre Finger schmerzten. Das Herz klopfte ihr bis zum Hals. Verzweiflung und Angst überrollten sie. Sie würde sich nicht halten können.

Plötzlich entdeckte sie über sich ein Wurzelgeflecht. Mit letzter Kraft ergriff sie das Gewächs, klammerte sich daran. *Es hielt!* Sie strampelte mit den Füßen, stemmte sich gegen den Fels.

Da gab die Wurzel nach. Ein dumpfes Geräusch. Kein Halt mehr.

Sie fiel.

22. Kapitel

Cornelius` Wohnung / 16:30

Conny ließ sich müde auf sein Bett fallen. Gedankenverloren betrachtete er die Zimmerdecke. Noch vor wenigen Tagen war sein Leben völlig anders gewesen. Ein recht entspanntes Studentenleben, mit überschaubarem Lernaufwand und passablen Noten. Wie oft und ausgiebig er das Nachtleben genossen hatte!

Aber dann diese Nacht, in der alles begonnen hatte. Wer weiß, was passiert wäre, wenn Frida ihm nicht geglaubt hätte. Womöglich hätte er seine Beobachtung am Ende selbst noch für Einbildung gehalten. Aber es war ganz anders gekommen.

Er ließ den Blick durch sein Zimmer schweifen. Eigentlich sah es aus wie immer. Frida wäre sicher geschockt! Was sie wohl in diesem Augenblick tat? Ob sie gerade an ihn dachte? Ob sie wohl noch sehr sauer war?

Die Unordnung musste er gleich noch angehen. Vorher würde er nur ganz kurz … Er schloss die Augen. Sekunden später war er eingeschlafen.

***

Der E-Mail-Ton seines Smartphones weckte ihn auf. Er sah auf die Uhr an der Wand. Ganze zwei Stunden waren vergangen. Mist! So lang hatte er gar nicht schlafen wollen.

Wer ihm wohl schrieb? Im Absender stand *simon.semmler@gmx.de*. Der Name sagte ihm nichts. Wer mochte das sein? Er öffnete die Nachricht:

Du Friedliche, keine dunkle Sorge hat je dich gequält,
willkommen in meiner endlich lichten Gegenwelt.
Zu lang bist du blind gewesen, nun siehst du mit mir klar.
Lass mich dein Erleuchter sein, gramgebeugte Justitia!

Conny war mit einem Schlag hellwach. Was um alles in der Welt hatte das nun wieder zu bedeuten?

23. Kapitel

Steinbruch Ibbenbüren / 16:40

Verdammt, was war passiert? Vorsichtig öffnete sie ihre Augen. Ihre Wimpern waren verklebt. Sie lag auf dem Rücken. Wo war sie? Ein Blick nach rechts. Ein Blick in die andere Richtung. Frida konnte sich nicht erinnern.

Langsam versuchte sie sich aufzurichten. Als sie sich mit den Händen am Boden abstützte, brannten ihre aufgeschürften Handballen wie Feuer. Ihr Kopf tat weh, und ihr war schwindelig und übel. Alles drehte sich. Die Umgebung war seltsam verschwommen. Sie versuchte ihren Blick zu schärfen. Vergeblich.

Ein stechender Schmerz durchfuhr ihren Rücken, als sie versuchte, sich weiter aufzurichten. Warum um alles in der Welt konnte sie ihr linkes Bein nicht belasten? Es schmerzte höllisch, sobald sie nur die Zehen bewegte. Frida wurde heiß und kalt zugleich.

Was war passiert? Ein weiterer Versuch aufzustehen schlug fehl. Wo zum Teufel war sie? Was hatte sie gemacht? Ihr wurde wieder schummrig. Sie kämpfte gegen ihre schweren Augenlider, die sich immer wieder wie ein Vorhang vor ihre Pupillen legten. Mit aller Kraft wehrte sie sich gegen die Ohnmacht. Aber sie war zu schwach.

Sie sah jemanden auf sich zukommen. Zwar verschwommen, aber sie war sich sicher, dass es ein Mann war. Ihre Augen schlossen sich. Gleich würde sie das Bewusstsein verlieren. Aus dem Hintergrund nahm sie noch eine dunkle Stimme wahr: „Wie auf dem Silbertablett serviert! Das nenne ich gutes Timing!" Die Stimme kam ihr vage bekannt vor; zu wem sie gehörte, konnte sie jedoch nicht zuordnen.

Hauptsache, es war jemand da. Sie war gerettet.

24. Kapitel

Cornelius' Wohnung / 18:33

Conny war beunruhigt. Die neue Strophe konnte nichts Gutes bedeuten. Schließlich war ja klar, was passiert war, bevor die letzten beiden Gedichtstrophen aufgetaucht waren.

Er musste sofort Frida informieren! In der Kontaktliste seines Handys suchte er nach ihrer Nummer und rief sie an. Das Freizeichen ertönte. Er lies ein paar Mal durchklingeln, doch niemand nahm ab. Wieso ging sie nicht ran? Wo steckte sie?

Plötzlich vernahm Conny ein Knacken in der Leitung, und Fridas Stimme erklang. Doch es war nur die Mailbox. Mist! „Frida, wenn du das hier hörst, ruf mich bitte sofort an, ich muss *dringend* mit dir sprechen!"

In Conny stieg Nervosität auf, seine Gedanken wirbelten durcheinander. Was hatte diese neue Strophe zu bedeuten? Ein paar Sekunden lang starrte er auf sein Handy. Was war jetzt zu tun? Unvermittelt sprang er auf, griff nach seiner Jacke und eilte aus dem Zimmer. Er musste zu Frida nach Hause fahren. Bestimmt war sie dort!

Auf dem Weg durch die Stadt schossen ihm tausend Dinge durch den Kopf. Wer war dieser ominöse Simon Semmler, der ihm die E-Mail geschickt hatte? Und woher hatte der überhaupt seine Mail-Adresse? Und was sollte er tun, wenn er Frida nicht zu Hause antraf? Auf die Frage hatte Conny vorerst keine Antwort. Aber er wusste instinktiv, dass es keine Zeit zu verlieren gab.

***

Wenige Minuten später klingelte er an Fridas Haustür. Hoffentlich war dieser Pollmann nicht da! Wie auf das passende Stichwort öffnete der Polizist die Tür. Seine Miene verfinsterte sich, als er Conny sah.

„Was wollen Sie denn hier?", raunzte er. „Meine Tochter ist nicht da! Und überhaupt: Können Sie nicht endlich mal aufhören, Frida zu belagern? Sie soll sich auf die Schule konzentrieren, statt sich von Ihnen ständig irgendwelche Flausen in den Kopf setzen zu lassen!"

„Frida ist also nicht da?" Connys Unbehagen wurde größer. „Wo ist sie denn?"

„Keine Ahnung. Und wenn ich es wüsste, würde ich es sicher nicht jedem dahergelaufenen Studenten auf die Nase binden, der hier einfach so auf der Matte steht. Aber falls Sie sie finden, richten Sie ihr aus, sie soll gefälligst meinen Wagen zurückbringen!"

Pollmann wollte schon die Tür schließen, doch Conny hakte noch einmal nach:

„Sie ist mit Ihrem Wagen weggefahren?"

„Naja, ich gehe davon aus, dass sie ihn hat. Er steht jedenfalls nicht in der Einfahrt, und die Schlüssel sind auch weg. Ich dachte eigentlich, dass Sie dafür verantwortlich sind ..."

„Ich? Klar, das würde Ihnen so passen, was?"

„Jetzt wollen wir mal nicht gleich wieder frech werden, junger Mann!"

„Schon gut, schon gut!" Contenance bewahren, dachte Conny für sich. Er hatte jetzt wahrlich Wichtigeres zu tun. „Haben Sie Frida denn heute Abend schon gesehen?"

Nein, vielleicht ist sie ja zu Papa Picasso gefahren."

„Erstens hat Picasso Bilder gemalt und keine Figuren aus Stein gemeißelt, und zweitens ist sie da ganz bestimmt nicht. Sie ist nicht gut auf ihn zu sprechen, weil ihr Vater wohl eine gefälschte Skulptur als Original verkauft hat." Verdammt, die letzte Bemerkung war ihm einfach so rausgerutscht. Er war gereizt. Dass er sich im Eifer des Gefechts aber auch immer so schnell verplappern musste! Dabei hatte er doch wirklich keine Zeit, verbale Kämpfchen mit Pollmann auszufechten. Schließlich ging Frida nicht an ihr Handy, sie war gestern nicht nach Hause gekommen, und der Wagen fehlte. Kein gutes Omen. So viele Zufälle konnte es nicht auf einmal geben. Da war mit Sicherheit etwas faul.

Auch Pollmann schien jetzt alarmiert zu sein.

„Was? Eine Skulptur gefälscht?" Die Augen des Polizisten verengten sich misstrauisch. „Wieso weiß ich davon nichts? Ich hab' s ja immer gesagt, dieser Künstler ist nicht gut für die Weber-Frauen! Wer weiß, was da wieder los ist. Also gut, das finde ich schon noch heraus. Vielleicht ist Frida ja bei ihm. Oder er weiß, wo sie steckt." Er nestelte seine Jacke von der Garderobe, nahm einen Schlüssel vom Haken und drängte sich an Conny vorbei.

Conny war ehrlich verblüfft. Unerklärlicherweise schien er bei dem Polizisten den richtigen Nerv getroffen zu haben.

„Wo wollen Sie denn jetzt hin?"

„Zu Papa Picasso natürlich."

Conny wusste genau: Wenn er Frida möglichst schnell finden wollte, dann musste er wohl oder übel mit Pollmann an einem Strang ziehen. Im Bruchteil einer Sekunde hatte er sich entschlossen und hastete dem Polizisten nach. „Ich komme mit!"

Peter Pollmann blieb kurz stehen und schaute Conny prüfend an.

„Also gut, na dann los!"

Sie sprangen in das Taxi von Fridas Mutter, und Pollmann gab Gas.

***

Minuten später trafen sie bei Fridas Vater in Roxel ein. Conny hatte Pollmann auf dem kurzen Weg vom Fälscherskandal berichtet oder zumindest von dem, was er bisher darüber wusste.

Jürgen Weber war blass und sah übermüdet aus.

„Wo ist sie?", polterte Pollmann, kaum dass sie zur Tür hereingekommen waren.

„Wo ist wer?" Weber wirkte überrascht.

„Na, Frida natürlich!", schaltete sich Conny ein.

„Woher soll ich das denn wissen?"

„Jetzt tu mal nicht so scheinheilig, du hast schon genug Dreck am Stecken, jetzt sag uns endlich, wo Frida ist!", hakte Pollmann nach.

Conny verdrehte die Augen. So würde das nie was werden. Wenn sie Jürgen Weber weiter so unter Druck setzten, wäre bald gar nichts mehr aus ihm herauszubekommen.

„Herr Weber, Frida ist vielleicht in Gefahr. Sie hat sein Auto genommen" – er deutete dabei auf Peter Pollmann – , „hat keinem gesagt, wo sie hingefahren ist, und an ihr Handy geht sie auch nicht. Wenn Sie irgendwas wissen, dann *müssen* Sie uns das sagen!", rief Conny bestimmt.

„Wieso in Gefahr? Und wieso dein Auto?", fragte Jürgen Weber Peter Pollmann. „Ist das nicht dieser dicke Silberne? So einen hab ich doch eben noch am Steinbruch in Ibbenbüren gesehen. Ich dachte schon, du wärst das gewesen. Wenn du es nicht warst, dann kann das also Frida gewesen sein … Aber was sollte sie da gewollt haben?" Jürgen Weber schaute Conny verständnislos an.

„Oh Shit!" Jetzt war ihm alles klar. Natürlich! Conny stürmte aus dem Raum.

„He, wo willst du denn hin?", rief Pollmann ihm nach.

„Wir müssen sofort zum Steinbruch in Ibbenbüren. Schnell! Frida könnte noch da sein!"

Jürgen Weber stutzte und tauschte mit Pollmann einen skeptischen Blick aus. „Jetzt kommt schon! Beeilt euch!", schrie Conny ihnen zu.

***

Für den Weg zum Steinbruch brauchten sie eine Ewigkeit, zumindest kam es Conny so vor. Hoffentlich kamen sie nicht zu spät! Oder war Frida vielleicht längst in Sicherheit?

Was, wenn sie nun wirklich nicht schnell genug waren? Was, wenn ihr etwas zugestoßen war …?

Sie bogen von der asphaltierten Straße ab, und das Taxi rumpelte über den Waldweg. Als sie die Biegung zum Steinbruch erreichten, sahen sie zwei Autos am Rand der Straße stehen. Pollmann erkannte seinen Wagen sofort. Doch dahinter stand noch ein zweiter, ein grauer Kombi, der hinter dem großen, sauberen BMW wie ein Schrotthaufen wirkte. Sie hielten an, Conny sprang aus dem Taxi und lief zu den Wagen. Beide waren leer. Von Frida keine Spur.

Jürgen Weber und Conny suchten das Gelände in einem Umkreis von 500 Metern ab. In der Zwischenzeit bemühte sich Pollmann um eine Halterabfrage bei seinen Kollegen. Sie mussten in Erfahrung bringen, wem der unbekannte Wagen im Steinbruch gehörte. Denn dass der Halter des Wagens nichts mit Fridas Verschwinden zu tun hatte, war unwahrscheinlich, darin waren sie sich einig. Deshalb wollte Pollmann den Wagen außerdem von der Spurensicherung untersuchen lassen. Vielleicht bekamen sie dadurch irgendwelche Hinweise.

Ihre eigene Suche auf dem Gelände blieb währenddessen erfolglos. „Hier können wir nichts mehr tun. Es ist einfach schon zu dunkel. Wir haben ja nicht mal ordentliche Taschenlampen dabei", sagte Pollmann. Conny seufzte.

„Wir fahren zu mir und tragen dort alle Hinweise zusammen. Vielleicht haben wir etwas übersehen", schlug Pollmann vor. „Die Kollegen übernehmen die Suche hier." Conny und Jürgen Weber nickten.

Keiner von ihnen hatte bemerkt, dass sie die ganze Zeit beobachtet worden waren.

***

Er ist auf dem Weg zum Auto, um eine Plane aus dem Kofferraum zu holen. Damit kann er endlich dieses Mädchen aus seinem Versteck in sein Auto schaffen. Zur Sicherheit hat er sein Opfer gefesselt zurückgelassen und ihr einen kleinen Beruhigungstrunk eingeflößt.

Der Steinbruch ist menschenleer. Doch verdammt, was machen die drei Typen dort hinten? Um diese Uhrzeit ist hier doch eigentlich mit niemandem zu rechnen! Erst diese Kunstheinis, die sich lautstark über irgendwelche Skulpturen gestritten haben, und jetzt schon wieder unerwarteter Besuch!

Er zieht sich ein Stück zurück und sucht hinter einem Erdhügel Deckung. Einer der Männer kommt ihm bekannt vor. Ist das nicht der Bengel, der mit dem Mädchen im Stein-Haus war? Und der ältere Typ mit der Designerbrille, der war doch vorhin schon mit den anderen Künstlervögeln hier im Steinbruch?

Nach einigen Minuten steigen die drei Männer wieder in ihr Auto. Als sie den Waldweg an ihm vorbeigerollt sind, kommt er langsam aus seiner Deckung hervor. Was, wenn sie sein Kennzeichen überprüfen? Warum war er so unvorsichtig und hat seinen eigenen Wagen benutzt? Aber selbst wenn sie auf ihn kommen sollten: Für seine Opfer kommt bald jede Hilfe zu spät. Sein Plan steht kurz vor der Vollendung.

25. Kapitel

Dunkelheit / Uhrzeit ungewiss

Als sie erwachte und die Augen aufschlug, war es stockduster um sie herum. Ihre Kleidung war nass, ihre Haut brannte. Ein pulsierender Schmerz schoss ihr in regelmäßigen Abständen vom linken Knöchel aus in die Wade. Hinter ihrer Stirn hämmerte es.

Es dauerte einen Moment, bis sie sich gesammelt hatte. Vermutlich verdankte sie es dem Adrenalin, dass der Schmerz sie nicht erneut an die Ohnmachtsgrenze trieb. Ob ihr Knöchel nur verstaucht war? Vermutlich war er wohl eher gebrochen.

Sie versuchte, sich zu bewegen, wurde aber unsanft zurückgehalten. Von ihrer Taille bis unter die Brust umspannte sie ein fingerdicker Strick, eng wie ein Korsett. Auch ihre Handgelenke und Fußknöchel waren aneinandergefesselt. War das Panzerband?

Es war so kalt, dass ihre Zähne klapperten.

„Hallo?“, fragte Frida zaghaft in die Stille hinein. Sie war vollkommen orientierungslos und fühlte sich schwach. Sie wagte kaum, ihren dröhnenden Kopf zu bewegen. Was war geschehen?

Sie hatte den Halt verloren. Der Sturz im Steinbruch. Jemand war auf sie zugekommen, und von da an lag alles in Dunkelheit. Das war alles, woran sie sich erinnern konnte.

„Hallo?“, brachte sie ein weiteres Mal hervor.

Als Antwort hörte sie hinter sich ein hysterisches Schluchzen. Sie spürte eine bebende Bewegung an ihrem Rücken.

„Wir sind aneinandergefesselt!“, rief eine Frauenstimme.

„Wer ist da?“, flüsterte Frida. Ihre Zunge klebte am Gaumen, ihre Stimme war ganz rau.

Nach einigen Sekunden kam endlich eine Antwort.

„Isabella Tieß.“

Isabella Tieß? Frida war unfähig zu reagieren. Sie war Rücken an Rücken an die vermisste Isabella Tieß gefesselt!

Obwohl ihre Augen sich bereits an die Dunkelheit gewöhnt hatten, war es zu düster, um mehr als schemenhafte Konturen zu erkennen. Die einzige Lichtquelle war ein spärliches, grün leuchtendes Notausgangschild über einer Tür ihr gegenüber.

„Und wer sind Sie?“, kam schließlich Isabella Tieß‘ geflüsterte Gegenfrage.

„Frida. Frida Weber“, antwortete sie, während sie versuchte, ihre zusammengeklebten Handgelenke hin und her zu bewegen.

„Du bist Jürgens Tochter …“

„Stimmt. Wissen Sie, wo wir hier sind?“

„Ich habe keine Ahnung“, murmelte Isabella Tieß kaum hörbar, machte eine Pause und stieß dann einen Fluch aus. „Und das alles wegen ein paar Skulpturen!“

„Sie haben wirklich welche gefälscht, oder?“, fragte Frida, obwohl ihr die Antwort bereits klar war. Offenbar wunderte sich Isabella Tieß nicht einmal, woher Frida von den Fälschungen wusste.

„Du bist wegen deinem Vater hier, richtig?“, raunte Isabella Tieß ihr zu. Es war eine simple Mutmaßung, aber es klang so überzeugend, dass Frida selbst daran glaubte. Sie schwieg einen Moment lang, dann ergänzte sie in Gedanken: *Weil er die Skulptur gefälscht hat.*

Frida versuchte, Ruhe zu bewahren.

„Wissen Sie, wer uns gefangen hält?"
„Nein, ich weiß gar nichts."
„Sind hier noch andere?"
„Naja, also zuerst war ich alleine hier."
„Und dann war da noch jemand?"
„Ja … Everkamp oder so ähnlich hieß der. Aber den hat er erst nach mir hierher verschleppt."
„Was hat er mit ihm gemacht?"
„Ich weiß es nicht!", stieß Isabella Tieß hervor. „Er hat mich bewusstlos geschlagen."

Frida blickte auf ihre Füße. Immerhin waren sie relativ locker gefesselt, sodass sie in der Lage war, sie anzuheben. Nur ein kleines Stück. Und dennoch bedeutete das, dass sie und Isabella mit genügend Anstrengung vielleicht …

Isabella Tieß' Aufschluchzen, eine Mischung aus Verzweiflung und Panik, ließ Frida zusammenfahren. „Wir werden hier sterben!" Sie zerrte wie besessen an ihren Fesseln.

„Hören Sie auf damit!", fauchte Frida und stieß die andere mit den Schultern an. Als sie verstummte, horchte Frida auf Geräusche. Sie sehnte sich auf einmal nach dem Sirenengeheul der Polizei. Ihr wäre sogar Peter recht, wenn er sie nur befreien würde.

Doch da war nichts. Nur undurchdringliche Stille.

Zu ihrer Linken glaubte Frida die Umrisse einer Art Anrichte zu erkennen. Vielleicht war es auch nur Wunschdenken, aber wenn es stimmte, war es womöglich ihre einzige Chance. Wenn in einer der Schubladen dieser Anrichte eine Schere läge – oder zumindest ein verdammtes Buttermesser –, dann könnten sie vielleicht die Fesseln aufschneiden!

Frida sah zur Tür. Wie viel Zeit würden sie dafür haben? Wann würde *er* kommen?

„Isabella, hören Sie zu! Wir müssen versuchen aufzustehen. Aber das wird nur funktionieren, wenn wir uns beide zusammenreißen", versuchte Frida in einem möglichst ruhigen, sachlichen Ton zu erklären.

Doch es kam keine Reaktion. Frida stieß sie abermals leicht mit den Schultern an.

„Hören Sie mich?"

„Mhmm", klang es hinter ihr resigniert, fast apathisch.

„Isabella, wir schaffen das nur zusammen!"

Sie hörte, wie Isabella schluckte und leise vor sich hinmurmelte.

„Wie bitte?", hakte Frida nach.

„Tut mir leid", entschuldigte sich Isabella. Sie holte tief Luft. „Ich werde es versuchen."

„Wenn ich bis drei zähle, stehen wir zusammen auf und stützen uns gegenseitig am Rücken des anderen ab, o.k.?"

„Okay."

Frida atmete tief durch. „Also los. Eins ... zwei ... drei!"

Frida beugte ihren Oberkörper so weit nach vorne, wie es ihre Fesseln zuließen, spannte ihre Beinmuskulatur an und presste ihre Füße mit aller Kraft gegen den Boden. Sie versuchte, ihre Beine dichter unter den Körper zu ziehen, um nicht nach hinten gerissen zu werden. Während sie sich beide in der Hocke befanden, verlagerte Frida ihren Oberkörper nach vorne und steigerte die Anspannung in ihren Beinen bis zum Äußersten. Ein heißer Schmerz schoss vom Knöchel aus durch ihren linken Schenkel. Sie unterdrückte einen Schrei, versuchte sich weiter aufzurichten, aber ihr Bein verweigerte den

Dienst. Schwer atmend fielen sie beide zurück auf den Boden.

Sie rangen nach Luft. Da blieb Fridas Blick ein weiteres Mal an der Tür kleben. Jeden Moment konnte der Tod persönlich in der Tür stehen.

Angst kroch in ihr hoch.

„Wir müssen es noch einmal versuchen, wenigstens ein Mal noch! Eins … zwei … drei!“

Frida warf den Kopf zurück, grub die Zähne in ihre Unterlippe und spürte den metallischen Geschmack ihres Blutes. Aber die pochende Unterlippe war eine gute Ablenkung von den brennenden Schmerzwellen, die ihr Fuß in regelmäßigen Abständen losschickte. Frida drückte ihre Schultern nach vorne, spannte Bauch und Rücken an. Gleichzeitig schob auch Isabella ihren Rücken nach oben, beide streckten ihre Beine durch und erhoben sich langsam aus der Hocke. Sie hatten es geschafft!

Völlig erschöpft standen sie Rücken an Rücken, aber sie standen auf ihren Beinen. Erleichtert stieß Frida einen Seufzer aus. Wenn sie jetzt noch ein Messer, eine Schere, irgendetwas Scharfes in der Schublade fänden …

„Wir gehen jetzt langsam in meine Richtung nach vorne“, erklärte Frida bemüht ruhig. Sie setzte den rechten Fuß einen kleinen Schritt nach vorne, und Isabella setzte rückwärts ihren linken Fuß hinterher. Ein weiterer kleiner Schritt mit dem anderen Fuß, auch wenn der Knöchel schmerzte wie die Hölle. Frida biss die Zähne zusammen. Noch ein Schritt, und noch einer. Eine ungefesselte Person hätte diese kurze Strecke in drei Schritten bewältigt. Aber in ihrem Zustand kamen sie nur im Schneckentempo voran, sodass die Strecke endlos schien. Und schon ein einziger Fehltritt konnte sie zu Fall bringen.

Dann endlich hatten sie die Anrichte erreicht. Frida tat den letzten Schritt und streckte ihre Hand nach der Schublade aus. Als sie dafür ihren Oberkörper nach vorne lehnte, spürte sie ein schmerzhaftes Reißen an der Achillessehne. Sie fuhr zusammen und verfluchte sich innerlich für ihren Fehler. Ihr mühsam austariertes Gleichgewicht geriet ins Wanken. Isabella versuchte sich gegen das Straucheln zu wehren und riss ihre gefesselten Hände hoch. Eine verzweifelte Handlung, doch völlig vergeblich.

Sie konnten sich nicht mehr halten und schlugen zusammen auf dem nassen Boden auf. So deutlich und erdrückend hatte Frida das Gefühl des Scheiterns noch nie gespürt.

„Wir schaffen es nicht!", stieß Isabella hervor und brach wieder in lautes Schluchzen aus. Frida wusste, dass das die Wahrheit war. Sie waren am Ende ihrer Kräfte.

Ihr Fuß schmerzte mittlerweile so stark, dass sie kaum noch zu atmen wagte, und beim Sturz hatte sie sich ihren Ellenbogen aufgeschlagen. Blut sickerte durch ihren Pullover. Ihre Hände zitterten derart heftig, dass sie sie nicht mehr unter Kontrolle bekam.

Doch da war noch etwas.

„Riechst du das auch?"

Frida schnupperte. Ein penetranter Geruch drang ihr in die Nase. Dann machte sich eine erschreckende Ahnung in ihr breit: Benzin!

„Isabella, man will uns anzünden!"

Sie würden hier jämmerlich verbrennen – wie die Opferlämmer irgendeiner widerwärtigen Sekte! Und niemand würde je erfahren, was passiert war … Frida sah ihre Mutter vor sich, außer sich vor Sorge um ihre Tochter.

„Hilfe", wimmerte Isabella leise. Erst kaum hörbar, dann immer lauter, wieder und wieder. Wieder stieg Angst in Frida auf. Sollte sie wirklich hier sterben? Elendig in diesem feuchten Keller?

„Hilfe! Wir sind hier!" Sie riefen, so laut sie konnten. Wie oft Isabella in den letzten Tagen wohl schon um Hilfe gerufen haben musste, aber nie eine Antwort bekommen hatte. Obwohl ihre Lage keinen Deut besser war, verspürte Frida neben all ihrer Furcht auch Mitleid mit Isabella Tieß. Hier unten fände sie niemand.

Das Ende hätte nur ein Gutes – dann wäre wenigstens die Angst vorbei.

Die Dämpfe reizten ihre Lunge und die Augen. Die Kleidung, schon längst damit vollgesogen, klebte und brannte auf ihrer Haut, besonders auf den Schürfwunden.

Frida sackte mutlos weiter in sich zusammen und ließ ihren Kopf auf die Knie sinken. Doch was war das? Ihr Blick streifte etwas Rechteckiges. Nicht weit von ihr entfernt lag ein Buch auf dem Boden, schwach beleuchtet vom Exit-Schild über der Tür. Frida kniff die Augen zusammen und konnte das Deckblatt entziffern: *Die Droste in neuem Licht.*

Frida streckte ihr rechtes, gesundes Bein aus. Sie konnte das Buch gerade so erreichen. Es brauchte einige schmerzhafte Versuche, doch schließlich konnte sie es zu sich heranziehen. *Eine Streitschrift zur Erlangung der Doktorwürde*, lautete der Untertitel. Mühsam klappte sie den Buchdeckel auf. Auf der ersten Seite prangte eine große Widmung: *Für alle, die eines Doktortitels würdig sind, denen die vorurteilsfreie Anerkennung ihrer Leistung aber versagt geblieben ist.*

Frida starrte die Zeilen an.

Autor war ein gewisser Stefan Reh.

„Der kauzige Wissenschaftler!“, schoss es ihr durch den Kopf, aber sie war zu erschöpft, um den Gedanken zu vollenden. Ihr wurde übel, Bilder stürzten auf sie ein. Ihre Mutter mit verweinten Augen. Ihr Vater mit seinen Pinseln in der Hand. Ein lachender Conny mit bunter Krawatte. Sogar Peter in Uniform kam ihr in den Sinn. Dann verschwammen die Gesichter in einem bunten Strudel. Das Letzte, was Frida sah, war das grüne Schild über der Tür.

Sie würden hier nicht mehr herauskommen.

26. Kapitel

Peter Pollmanns Wohnung / 20:30

Sie fuhren zu Pollmann. Hier waren sie ungestört. Die ganze Zeit über hämmerte Connys Herz. Schweißperlen standen auf seiner Stirn. Wer auch immer der Täter war, er hatte Frida in seinen Fängen, da war er sich ganz sicher.

Am Küchentisch berichtete Conny noch einmal der Reihe nach, was Frida und er in den letzten Tagen herausgefunden hatten. Als er auf die Fälschungen zu sprechen kam, lief Pollmanns Gesicht rot an: „Unglaublich, was für eine miese Gaunerei!" Das war eindeutig an Jürgen Weber gerichtet.

„Es schien so einfach", versuchte Weber sich rauszureden. „Und wir haben niemandem wirklich geschadet."

„Dazu kommen wir später", presste Pollmann hervor und holte tief Luft. Er beließ es dabei, denn im Moment gab es Wichtigeres zu tun.

„Okay, was haben wir? Ich denke, dass wir uns einig sind, dass wir es mit einem einzigen Täter zu tun haben, der alle drei Taten verübt hat: Isabella Tieß' Verschwinden, der Tote im Schlossgarten und jetzt auch noch Frida", zählte Peter Pollmann auf. Er blickte fragend in die Runde. Conny und Jürgen Weber nickten.

„Aber was sollte das alles mit den Fälschungen zu tun haben? Wäre nur Isabella Tieß verschwunden, dann würde eine Verbindung zu den Skulpturfälschungen einen Sinn ergeben, aber der Rest passt einfach nicht", überlegte Conny laut.

„Die Gedichtzeilen, wartet mal!" Er kramte in seiner Hosentasche und förderte drei verknitterte Zettel mit den ausgedruckten Gedichtstrophen zu Tage. „Vielleicht finden wir hier ja einen Hinweis. Der Täter hat sie sicher nicht ohne Grund hinterlassen."

Conny legte die Strophen in die Reihenfolge, in der sie aufgetaucht waren. Alle drei beugten sich konzentriert über die Zeilen.

Du, einst zart und doch so fest,
mein Wille dich jetzt betteln lässt.
Beschränkte, wirre Worte quellen,
wie willst du zitternd jetzt dein Urteil fällen?

Ich wage es, den Trieb herauszureißen
mein Richterspruch wird ‚Hängt ihn!' heißen.
Deine Worte wogen schwer, zu schwer
und dein Blut, es drängt nicht mehr.

Du Friedliche, keine dunkle Sorge hat je dich gequält,
willkommen in meiner endlich lichten Gegenwelt.
Zu lang bist du blind gewesen, mit mir siehst du klar.
Lass mich dein Erleuchter sein, gramgebeugte Justitia!

„Der Täter fühlt sich offensichtlich als der Richter, der die Gerechtigkeit auf der Welt wiederherstellen muss." Conny musste an die Ausführungen von Stefan Reh denken. *Wer ohne Schuld ist, werfe den ersten Stein.*

„Der Täter muss eine Verbindung zu allen drei Opfern haben", mutmaßte Pollmann.

„Vielleicht hat er von unseren Nachforschungen erfahren", sagte Conny.

„Etwas weit hergeholt, oder? Wie sollte er davon etwas mitbekommen haben?", schaltete sich Weber wieder in die Überlegungen ein.

„Haben Sie eine andere Idee?", fuhr Conny ihn an.

„Leute, ganz ruhig. Wir haben eine Ahnung von den Motiven des Täters. Jürgen, habt ihr mal Drohungen erhalten, in Zusammenhang mit euren ..." Pollmann hielt kurz inne und atmete tief durch. „... mit euren Fälschungen?"

„Der Sohn von einem der Künstler, dessen Skulpturen wir gefälscht haben, war ziemlich sauer. Aber spätestens bei der Leiche im Schlosspark macht das keinen Sinn mehr. Es muss einen anderen Zusammenhang zwischen den Opfern geben. Sie müssen sich nicht unbedingt kennen, sie müssen ja nicht einmal den Täter kennen."

„Der Täter muss nur die Opfer kennen", pflichtete Conny ihm bei. „Wenn die Verbrechen nichts mit den Fälschungen zu tun haben, dann schwebt Frida in höchster Gefahr. Der Täter hat keinen Grund, sie am Leben zu lassen. Und getötet hat er schon mal, der hat sicher keine Hemmungen mehr!"

„Panik hilft uns jetzt nicht weiter. Halten wir uns an das, was wir haben", mahnte Pollmann. „Die Strophen sind auf die Opfer gemünzt, sonst macht es keinen Sinn." Er zog die Papierstücke zu sich heran.

„Das erste Opfer war Isabella Tieß." Conny blickte zur Decke. „Wo sollte außer bei den Fälschungen ein Motiv liegen? Wie sollen uns diese Verse zum Täter führen?"

„Im Prinzip könnte das ja jeder normale Kunde sein, der mal bei ihr im Atelier war. Aber wer von denen sollte so einen Hass auf Isabella Tieß haben, dass er sie verschleppt?"

Sie wurden vom Klingeln des Telefons unterbrochen. Pollmann nahm ab und verschwand im Nebenraum.

„Die Strophen sind auf die Opfer zugeschnitten, das wird schon durch die Fundorte der Zeilen deutlich", setzte Conny wieder an. Jürgen Weber pflichtete ihm bei.

„Also die erste bezieht sich irgendwie auf Isabella Tieß. Die zweite gehört ganz eindeutig zum Toten im Schlossgarten, dem Gärtner; spätestens mit *Hängt ihn!* ist das klar, schließlich hing er an einem Baum. Und die dritte …" Jürgen Weber brach ab.

Plötzlich schlug sich Conny an die Stirn. „Natürlich! Die *Friedliche!* Wie konnte ich das übersehen!" Fridas Vater sah ihn verständnislos an. „Na, *Frida* kommt doch etymologisch von Frieden!"

Jürgen Weber nickte. „Dann stimmt es also. Zu jedem Opfer hat er eine Strophe geschrieben."

Pollmann kam zurück in die Küche. „Das war die Spurensicherung. Als die Kollegen das Auto im Steinbruch untersuchen wollten, war es verschwunden."

Die Nachricht traf Conny wie ein Schlag: „*Was*?! Das bedeutet doch, dass der Täter noch in der Nähe gewesen sein muss. Dann war vielleicht auch Frida noch in der Nähe!" Er vergrub sein Gesicht in seinen Händen.

Pollmann nickte: „Das vermute ich auch. Wir haben aber nun den Namen des PKW-Halters. Und seine Adresse. Dort haben ihn die Kollegen allerdings nicht angetroffen. Es handelt sich um einen gewissen …" Pollmann blickte auf seinen Notizzettel. „… um einen gewissen Stefan Reh. Er ist im Rahmen der Ermittlungen bislang nicht in Erschei …"

„Stefan Reh? *Der* Stefan Reh?" Conny sprang von seinem Stuhl auf.

„Ihr kennt ihn?" Pollmann war merklich verblüfft.

„Ja, Frida und ich haben ihn wegen des Eingangsgedichts in der *Judenbuche* befragt!" Rasch schilderte Conny den Hergang der Geschehnisse und die Szene in der Bibliothek. „Er machte einen wirren Eindruck, aber wir haben ihn als total harmlos eingestuft. Wir haben auch gar nicht in Erwägung gezogen, dass er etwas mit den Taten zu tun haben könnte. Wir wollten einfach nur eine Analyse des Gedichts." Conny ließ sich zurück auf seinen Stuhl sinken.

„Ich fürchte, er ist keineswegs harmlos. Vermutlich ist er unser Mann. Ich habe ein Team vor seiner Wohnung postiert, aber da wird er wohl kaum noch einmal auftauchen." Pollmann seufzte.

„Dann ist jetzt auch klar, wieso er ausgerechnet Frida entführt hat. Er weiß ja von unseren Nachforschungen zum Eingangsgedicht der *Judenbuche*!"

„Habt ihr denn im Schlossgarten keine Hinweise gefunden?", fragte Jürgen Weber.

Pollmann schüttelte den Kopf: „Die Auswertung der Spuren im Schlossgarten bringt uns auch nicht weiter. Bis auf die Gedichtstrophe wurden keine konkreten Hinweise auf den Täter entdeckt."

„Gab es Zeugen, die etwas beobachtet haben?"

„Es gab nur den Gärtner, der die Leiche gefunden hat. Ansonsten war es nicht viel. Wir haben die übliche Zeugensuche im Radio senden lassen und eine Belohnung ausgesetzt, aber da war bislang auch nichts Brauchbares dabei. Ich habe wenig Hoffnung, dass sich da noch jemand meldet. Es war an dem Morgen noch viel zu früh, als dass dort viele Leute vorbeikommen. Der Todeszeitpunkt wird um Mitternacht herum datiert. Also selbst wenn die Leiche erst Stunden später in den Schlosspark gebracht wurde, ist die Wahrscheinlichkeit, dass jemand den Täter dabei bemerkt hat, ziemlich gering."

„Ist denn bekannt, wie der Täter in den Schlosspark gelangt ist?"

„Auch da tappen wir noch im Dunkeln. Wir kennen mittlerweile aber den Namen des Opfers. Er hat als Personalverantwortlicher in der ULB gearbeitet."

Pollmann rekapitulierte noch einmal die Aussage des Gärtners. „Da war nicht viel Verwertbares. Die Kollegen haben ihn dann noch mal befragt, aber soweit ich weiß, war der eher ein verkappter Krimi-Fan als ein hilfreicher Zeuge; er hat nur was von einer versteckten Tür gefaselt ..."

„Versteckte Tür?" Conny horchte auf.

„Sie bot früher angeblich mal den Zugang zu einem unterirdischen Bunker- und Tunnelsystem aus dem Zweiten Weltkrieg, das sich vom Schloss bis in die Innenstadt erstreckt haben soll."

„Vielleicht wurde das Opfer durch das Tunnelsystem dorthin gebracht? Das hätte dem Täter doch maximalen Schutz geboten. Wo genau ist die Tür?"

„Keine Ahnung, wir haben da nicht näher nachgefragt, weil wir die Information als nicht bedeutsam eingestuft haben."

„Wir sollten uns vor Ort umschauen. Vielleicht finden wir den Eingang oder sonst irgendwas, das bisher nicht aufgefallen ist."

Pollmann und Weber nickten. Einen besseren Ansatz hatten sie zurzeit nicht. Wenn Frida noch lebte, blieb ihnen vermutlich nicht mehr viel Zeit.

Conny schlug das Herz bis zum Hals.

27. Kapitel

Dunkelheit / Uhrzeit ungewiss

Sie fühlte sich wie in Trance. Zwar vernahm Frida Geräusche, ihre Augen blieben aber geschlossen. Der Boden war kalt und feucht. Sie hoffte, dass Isabella diejenige gewesen war, die die Laute von sich gegeben hatte. Aber unheimlich kam ihr das Ganze schon vor.

Wieder dieser Laut – Isabella Tieß stieß ihr mit dem Ellenbogen leicht in den Rücken.

„Frida!"

Sie holte tief Luft und schlug die Augen auf. Dunkle Lederschuhe standen direkt vor ihrem Gesicht auf dem Boden.

„Hast du das gehört?", hörte sie Isabella von hinten fragen.

„Nein", log Frida, während sie vor Schreck erstarrte. Sie versuchte mehr zu erkennen. Wer stand da vor ihr? Es war so düster, dass die Person von der Dunkelheit verschluckt wurde. Nur ein Stück der Beine und die Schuhe waren erkennbar. Große, dunkle Lederschuhe, die wahrscheinlich mal ein Vermögen gekostet hatten, jetzt aber ziemlich dreckig und abgelatscht aussahen.

„Man sollte sich so spät nicht draußen am Steinbruch aufhalten", sagte eine dunkle Stimme. Fridas Verstand setzte ein – sie kannte diese Stimme irgendwoher. Der Mann machte einen kleinen Schritt zur Seite. „Vor allem nicht, wenn man nicht fähig ist, dort draußen zu überleben."

Kaum waren die Worte verhallt, durchschnitt Isabellas hysterische Stimme den Raum.

„Lassen Sie uns endlich hier raus!"

Die Schuhe bewegten sich nach rechts, in Richtung Notausgang. Grünes Licht fiel auf den Mann herab. Er war ziemlich groß, kräftig und hatte ein kantiges Gesicht. Der Droste-Experte! Diese Erkenntnis überforderte Frida, es ergab alles keinen Sinn. Die zurückgewiesene Doktorarbeit, das gefälschte Kunstwerk, die Entführungen … Sie verstand die Welt nicht mehr.

„Hören Sie zu, Sie *Scheißkerl*!", zeterte Isabella. „Wenn Sie uns hier nicht endlich rauslassen, dann wird es Ihnen noch verdammt leidtun!"

„Halt die Klappe!", zischte Stefan Reh bedrohlich durch die Zähne. Isabella konnte ihn nicht sehen, aber Frida hatte keine andere Wahl. Er stand direkt in ihrem Blickfeld. Sie hätte alles dafür gegeben, ihm nicht in die Augen sehen zu müssen.

„Frau Tieß …", begann er mit hämischer Stimme. „Wenn Sie jetzt nicht still sind, dann geschieht vielleicht noch ein Unglück."

„Noch ein Unglück?!", schrie sie wie eine Sirene und lachte auf. Aber ihr Lachen ähnelte eher einem hysterischen Schluchzen.

Seine Miene verfinsterte sich. Die Augen glitzerten in der Dunkelheit, und sein Mund war leicht geöffnet. Den Unterkiefer hatte er verkrampft nach vorne geschoben.

„Sie können sich gerne sofort zu Herrn Große-Everkamp gesellen."

„Was haben Sie mit ihm gemacht?", fragte Isabella verzweifelt.

„Wissen Sie … Große-Everkamp ist … Verzeihung: Große-Everkamp *war* ein schlechter Mensch. Man kann sagen, er hatte gewisse Ähnlichkeiten mit Ihnen. Nur auf sich bedacht, voller Vorurteile und geringschätzig gegenüber anderen Leuten. Ein Unmensch."

Er machte eine kurze Pause. „Sehen Sie es als ein Geschenk an. Ich möchte nicht, dass Sie mit solch schlechten Eigenschaften weiterleben müssen. Ich tue Ihnen quasi einen Gefallen."

„Sie sind vollkommen krank und wahnsinnig. Der Unmensch sind Sie selbst." Das Sprechen fiel Isabella sichtlich schwer.

„Isabella, bitte ...", sagte Frida schwach.

„Nehmen Sie dieses Geschenk als ein kleines Dankeschön dafür an, dass Sie mich ermutigt haben, das zu tun, was das Richtige ist", sagte er feierlich.

Er leckte sich über die Lippen. Ein ekelhaftes Schmatzen ertönte. Diesen Blick würde Frida niemals vergessen können, das stand fest. Noch nie hatte sie gesehen, wie jemand einen Menschen so hasserfüllt anschaute. Was musste diesem Mann widerfahren sein? In seinem Ausdruck steckte so viel Wut, so viel Leid.

Reh fuhr sich durch die Haare, atmete tief durch und lief entschlossen in die hintere Ecke des Raumes. Dorthin, wo das Licht ihn nicht mehr erreichte. Fridas Augen verloren ihn in der Dunkelheit. Er hatte eine Spur von Fußabdrücken auf dem hässlichen grauen Boden hinterlassen. War das Blut? Isabellas? Ihr eigenes? Oder gehörte es zu einer anderen Person?

Plötzlich stand er wieder vor ihr. Fridas Herz machte einen Satz, als sich der Kerl wie ein Monster aus der Dunkelheit vor ihr aufbaute. Er beugte sich über sie, um an Isabella zu gelangen. Für einen Moment war sein Gesicht ihr so nahe, dass sie Schweiß auf seiner Stirn erkennen konnte. Er roch nach billigem Aftershave. Am liebsten hätte sie mit voller Wucht zugeschlagen. Mitten in sein Gesicht. Es wäre vielleicht ein Anfang gewesen. Der erste Schritt zur Selbstverteidigung. Doch sie war gefesselt und machtlos.

Frida warf den Kopf in den Nacken, um zu sehen, was er mit Isabella tat. Er nahm ihr Kinn in die Hand und stopfte der widerstrebenden Frau ein gelbes Tuch in den Mund. Dann richtete er sich wieder auf. Reh war auf einmal deutlich gefasster. Doch diese Ruhe, die plötzlich den Raum einnahm, wirkte bedrohlich und unnatürlich. Was hatte er vor?

„Ich hasse es, wenn Menschen gute Ratschläge missachten …"

„Dr. Reh …", setzte Frida vorsichtig an, und sein Blick traf sie wie ein Schlag ins Gesicht. Es dauerte einen Moment, bis sie sich wieder gesammelt hatte.

„Dr. Reh, ich …"

„Spar dir den Titel", zischte er mürrisch und wandte seinen Blick wieder ab. Er schien mit den Gedanken woanders. Sie musste ihn irgendwie in ein Gespräch verwickeln. Denn eins wusste sie: Verrät man persönliche Dinge, ist die Gefahr kleiner, dass der Entführer einen umbringt. Das hatte sie irgendwo mal gelesen oder im Fernsehen gesehen.

„Ich weiß nicht, was Sie von mir wollen. Ich bin Frida Weber, 18 Jahre alt und nur hier, weil ich meinen Vater gesucht habe", brachte sie nervös hervor. Aber sie musste mutig sein. „Warum wurde Ihre Doktorarbeit nicht angenommen?", begann sie vorsichtig und versuchte ihm in die Augen zu sehen. Sie wollte Stärke zeigen.

„Warum wohl?!", knurrte Reh böse. „Die Herren Gutachter bezeichneten meine Ausführungen und Theorien als abstrus." Er betonte das letzte Wort, indem er mit

Zeige- und Mittelfinger Anführungszeichen in die Luft machte. Offensichtlich ein Zitat.

„Das war sicherlich ungerecht", sagte Frida leise und räusperte sich. „Sie sind unfair behandelt worden, und ich kann Ihre Wut sehr gut verstehen, aber was Sie hier tun ... das hat doch keinen Sinn, ich bitte Sie."

„Ich brauche mir nicht mehr sagen zu lassen, was Sinn hat und was nicht und schon gar nicht von einem verlogenen Teenager, der scheinbar alles besser weiß", entgegnete Stefan Reh kalt und trat einen Schritt zur Seite. „Ich weiß, was meine Aufgabe ist, und niemand wird sie mir ausreden können." Er griff hinter sich.

Nein! Fridas Herz blieb für einen Moment stehen. Reh hatte einen Benzinkanister in der Hand. Er hob ihn auf Kopfhöhe an, kippte ihn mit Bedacht nach vorne und vergoss die Flüssigkeit über ein paar in der Nähe stehende Bücherregale. Isabella schrie. Es gab keinen Ausweg mehr. Sie waren in ihrer eigenen Benzinlache gefangen. Nur wenige Meter trennten sie von den Regalen.

Frida zerrte an ihren Fesseln. Sie musste jetzt um ihr Überleben kämpfen. Sie hatte keine andere Chance. Sie hörte ein leises Klicken, als Reh das glänzend silberne Zippo aufflammen ließ. Sie waren verloren. Gleich würden sie sterben.

Reh schnippte das Feuerzeug lässig fort und keine Sekunde später schossen Flammen aus dem ersten Regal Richtung Decke. Die Bücher fingen Feuer. Helle, gelblich-orange Flammen peitschten aggressiv und zerstörerisch um sich. Der Rauch wurde in einer schwarzen Säule an die Decke getragen. In der flackernden, vom Feuerschein durchbohrten Dunkelheit breiteten sich die Flammen weiter aus, bis sie beim nächsten Regal angelangt waren.

Nur ein winziger Funke wäre genug, um Fridas und Isabellas Benzinlache in Brand zu setzen. Dann würde sie das Feuer erreichen und nie wieder freigeben.

Ob es wohl besser war zu ersticken, bevor man verbrannte?

Stefan Reh kam durch das Feuer auf sie zu. Er war vom Schein der Flammen erhellt, ähnelte dem Messias, der er nie sein würde. Seine Augen verrieten ihn. Sie zeigten, was er wirklich war. Kurz vor den hilflosen Frauen blieb er stehen, holte einen Zettel aus seiner Hosentasche und faltete ihn sorgsam auseinander. Seine Stimme klang ernst:

„*Der Bücher heller Feuerschein*
soll falscher Richter Sühne sein …“

28. Kapitel

Botanischer Garten / 21:15

Als sie die Tore des Botanischen Gartens erreichten, lag eine merkwürdige Stille über dem Gelände. Conny nahm die angespannte Stimmung zwischen Pollmann und Weber wahr, doch das durfte in diesem Moment keine Rolle spielen. Sie mussten unter allen Umständen Frida finden.

Er lief zum Tor und rüttelte daran. Es war verschlossen. Durch die Gitterstäbe versuchte er, einen Blick auf das Gelände zu erhaschen. Die zahlreichen Bäume und Sträucher boten genug Platz, um sich dort ungesehen aufzuhalten.

„He, da vorne steht ein Auto!", rief Weber und zeigte auf einen ziemlich heruntergekommenen Wagen, der etwa 150 Meter entfernt abgestellt worden war. Conny folgte Pollmann und Weber, die als erste das Auto erreichten. Sie erkannten den dunklen Kombi aus dem Steinbruch wieder. Das musste der Wagen von Stefan Reh sein!

„Der steht im Halteverbot!", bemerkte Pollmann. „Sie können ja einen Strafzettel schreiben", entgegnete Conny knapp und umrundete das Auto. Er warf einen Blick auf die Rückbank. Auf den Sitzpolstern waren rot-braune Flecken zu erkennen. War Frida in dieser Schrottkarre entführt worden? War sie verletzt?

Conny und Pollmann wechselten besorgte Blicke.

„Wenn das Auto hier steht, dann können sie nicht weit sein. Frida wird sicher nicht ohne Gegenwehr mit ihm gegangen sein", mutmaßte Pollmann.

Conny versuchte den Kofferraum zu öffnen. Er war verschlossen. Plötzlich ließ ihn ein dumpfes, metallisches Geräusch aufhorchen. Er war mit dem Fuß an eine Metallplatte gestoßen, die unmittelbar hinter dem Auto in der Erde verankert und durch das Herbstlaub und die Dunkelheit kaum zu erkennen war. Er blickte zu Boden.

„Hey, schaut mal hier, ich glaube ich habe etwas gefunden", rief er. „Sieht nicht wie ein normaler Kanaldeckel aus! Ob das die Einstiegsluke ist, von der der Gärtner gesprochen hat?"

Als sie kurzentschlossen die angerostete Metallplatte mit vereinten Kräften anhoben, gab sie ein lautes Knarren von sich. Gespannt blickten sie hinab. Modriger Geruch schlug ihnen entgegen. Conny hatte keine Ahnung, was sich dort unten verbarg. Aber er hatte kein gutes Gefühl.

„Also los!", ordnete Pollmann an, und stieg als erster in den schwarzen Abgrund. Die beiden anderen folgten ihm. Conny nahm sein Smartphone und öffnete seine Taschenlampen-App. Dass er die jemals gebrauchen würde, hätte er bis vor Kurzem auch nicht für möglich gehalten. Nun spendete sie immerhin ein wenig Licht. Der Boden und die Wände des Tunnels waren teilweise mit Moos bedeckt. Sie rutschten immer wieder mit den Füßen weg. Conny richtete den Schein seiner Taschenlampen-App auf den Boden. Dort waren rot-bräunliche Flecken. Er wollte sich gar nicht ausmalen, was sie hier unten Schreckliches finden würden. Der Tunnel musste seit Jahren nicht mehr benutzt worden sein. Wahrscheinlich war es wirklich eine Art Bunker aus dem Zweiten Weltkrieg. Sie kamen nur langsam voran. Nach etwa 100 Metern erreichten sie eine Abzweigung.

„Wir müssen uns aufteilen, jede Minute zählt!", flüsterte Pollmann den anderen zu. „Habt ihr irgendetwas, womit ihr euch den Weg leuchten könnt?", fragte Conny.

Pollmann kramte sein altes Handy aus der Tasche. Das gelbgrünliche Licht brachte zwar nicht viel, aber es war besser als gar nichts. „Ich nehme den linken Tunnel, ihr geht rechts“, stieß Pollmann hervor. „Seid vorsichtig!“ Er nickte Jürgen Weber und Conny zu und verschwand in einer der Tunnelabzweigungen. Conny und Weber nahmen die andere. Sie bewegten sich nun schneller voran. Die Augen hatten sich mittlerweile an die Dunkelheit gewöhnt. Connys Hass auf Stefan Reh wurde von Schritt zu Schritt größer: Was hatte dieser Mistkerl mit Frida gemacht? War sie noch am Leben? Der Tunnel schien kein Ende zu nehmen. Conny und Weber kämpften sich weiter vor. Von der Decke hingen Spinnenweben, die sich in ihren Haaren verfingen. Nach wenigen Minuten gelangten sie an eine Tür. Befanden sich dahinter Stefan Reh und Frida? Langsam drückte Weber die Klinke herunter. Die Tür war nicht abgeschlossen. Er stieß sie auf, und Conny leuchtete in den Raum. *Nichts!* Er war vollkommen leer.

Plötzlich durchbrach ein Schrei die Stille. War das nicht Pollmanns Stimme gewesen? Sie rannten zurück zu der Abzweigung, an der sie sich getrennt hatten, und wählten den Weg, den Pollmann vor wenigen Minuten eingeschlagen hatte. Nach etwa zwei Minuten erreichte Conny den am Boden hockenden Polizisten. Er krümmte sich vor Schmerzen und umklammerte seinen blutüberströmten Oberschenkel, den er sich in vollem Lauf an einem riesigen, aus der Tunnelwand ragenden Nagel aufgerissen hatte.

Pollmanns Gesicht war bleich und schmerzverzerrt. Weber kniete sich über ihn, versuchte ihn zu beruhigen und die klaffende Wunde notdürftig mit Taschentüchern und seinem dünnen Künstlerschal zu verbinden. Im nächsten Moment schrak er zusammen und legte seinen Zeigefinger auf die Lippen. „Psssst, seid mal still. Hört ihr das?“, flüsterte er.

Conny lauschte. Auch er hatte einen leisen Schrei gehört. Da war er schon wieder, diesmal ein wenig lauter als zuvor. Jürgen Weber wies stumm in die Richtung, aus der die Laute gekommen waren. Conny sprang auf und blickte Pollmann fragend an: „Können wir Sie alleine lassen?"

„Kümmert euch nicht um mich, rettet Frida, schnell, ihr müsst euch beeilen!" Jürgen Weber und Conny rannten los. Mit jedem Meter, den sie zurücklegten, wurden die Schreie deutlicher. War das Fridas Stimme? Connys Herz hämmerte noch etwas schneller.

Als sie die Tür erreichten, hinter der die Schreie zu ihnen drangen, schauten sie sich an. Es roch verbrannt. Sie mussten schnell handeln. Fridas Vater nahm Anlauf und warf sich mit voller Wucht gegen die Tür. Nichts passierte. Ein zweiter Versuch. Die Verzweiflung stand ihm ins Gesicht geschrieben.

„Vielleicht können wir zusammen …?" Conny blickte Jürgen Weber fragend an.

„Na los, komm schon!!" Jürgen Weber wedelte hektisch mit den Armen.

„Auf drei schmeißen wir uns zusammen gegen diese verdammte Tür. Das Scheißteil muss doch irgendwie aufgehen!"

Immer wieder warfen sie sich gegen das scheinbar unüberwindbare Hindernis. Connys Schulter schmerzte, aber das war jetzt völlig egal. Sie mussten es einfach schaffen! Und tatsächlich, endlich! Sie hatten die Tür fast komplett aus der Verankerung gerissen. Doch was sie jetzt sahen, verschlug ihnen die Sprache.

29. Kapitel

Botanischer Garten / 21:30

Conny trat hinter Fridas Vater in den Raum. Hitze schlug ihm entgehen, dicker Rauch quoll von der Decke. Feuer! Das hintere Drittel des Raumes stand schon fast vollständig in Flammen. Sie konnten schemenhaft ein brennendes Bücherregal erkennen. Die Luft war beißend und getränkt von Benzingeruch. Da entdeckte er Frida, sie kauerte auf dem Boden. Sie war an eine andere Frau gefesselt, ihre Kleidung zerrissen, Schürfwunden am ganzen Körper. Und dennoch fiel ihm ein Stein vom Herzen: Sie lebte!

Und dann erkannte er Stefan Reh, der sich langsam aus dem Schatten löste. Er stand nun vor der Feuerwand und schaute ihm direkt in die Augen. Ein Schauer der Angst und des Ekels überkam Conny. Was war dieser Mann für ein Psycho! Einfach nur gestört.

Conny sah das Entfesselte in Rehs Augen.

Aber für ihn würde es jetzt kein Entkommen mehr geben. Conny sah, wie Stefan Reh mit der Hand in die Hosentasche fuhr und ein Feuerzeug zu Tage förderte. Conny gefror das Blut in den Adern. Ein winziger Funke würde genügen, und Frida würde … Er brachte den Gedanken nicht zu Ende. Schon ließ Reh das Sturmfeuerzeug aufschnappen und hielt es gefährlich nah an die gefesselten Frauen.

Conny und Jürgen warfen sich einen schnellen Blick zu. Was sollten sie jetzt tun? Die Augen von Stefan Reh fingen an zu glühen, als eine Flamme aus dem Feuerzeug schoss.

Er schien völlig ruhig zu sein.

„Hallo ihr beiden, welche Überraschung, euch hier unten zu sehen. Ihr wollt doch sicher nicht, dass den beiden Hübschen hier etwas passiert, oder? Dann hockt euch mal schnell dort auf den Boden! Sofort!!", zischte er plötzlich.

Conny wusste nicht, ob er weinen oder schreien sollte, aber dann gewann die Wut die Oberhand: „Was sind Sie für ein kranker Mensch? Was ist Ihr Problem?"

Stefan Reh lachte laut auf: „Was mein *Problem* ist? Ach Junge, du hast doch keine Ahnung!"

„Bitte, können wir nicht vernünftig über alles reden?"

„Sei still! Ihr seid doch alle gleich, völlig oberflächlich!" Stefan Reh hielt das Feuerzeug direkt vor die Frau, die an Fridas Rücken gebunden war. Die Flamme warf unruhige Schatten auf ihr Gesicht. Das musste Isabella Tieß sein! Conny konnte die Angst und Verzweiflung in ihren Augen sehen.

„Ja, oberflächlich, das seid ihr alle! Aber warum erzähle ich das?" Ruckartig drehte Reh sich zu Conny und Weber um. „Jetzt kommt rüber und setzt euch, oder hier geht direkt alles in Flammen auf!" Er fuchtelte wild mit seinem Feuerzeug herum. Wenn sie ihn nicht unnötig provozieren wollten, mussten sie tun, was er verlangte.

Conny und Jürgen machten ein paar Schritte in den Raum hinein und setzten sich auf den kalten und nassen Boden. Ob es noch einen zweiten Ausweg gab? Eine Möglichkeit, Frida und Isabella hier herauszubringen? Hier selbst lebend rauszukommen? Das Feuer würde reichen, um sie alle umzubringen …

Stefan Reh hielt das Feuerzeug immer noch gefährlich nahe an Frida und Isabella.

„Hier, fang!"

Reflexartig schnappte Conny das Ding, das Reh ihm zugeworfen hatte. Panzertape.

„Fessel den anderen!", befahl Reh. *Was hatte er schon für eine Wahl?* Jürgen Weber schien ähnlich zu denken und streckte ihm die Hände entgegen. Seine Tochter ließ er dabei nicht aus den Augen.

„Los jetzt, streck deine Hände aus und keine Dummheiten, Freundchen!" Conny blieb nichts anderes übrig, als zu gehorchen. Mit einem Satz war Reh bei ihm und fesselte ihn ebenfalls mit dem Tape. Das Feuer neben ihnen toste, und die Flammen leckten bis zur Decke. Conny blickte sich verzweifelt um. *Was konnte er jetzt noch tun?* Auf jeden Fall musste er versuchen, Ruhe zu bewahren und seine Fesseln zu lösen. Er zog und zerrte an dem Klebeband, doch nichts tat sich. Das Plastik schnitt in seine Hände, gab aber nicht nach.

Conny blickte auf den Boden. Vielleicht lag hier irgendetwas herum, mit dem er sich befreien könnte? *Und tatsächlich!* In der Ecke hinter ihm reflektierte etwas den Schein des Feuers. Eine Glasscherbe! Nicht sehr groß, aber sie hatte eine scharfe Kante. Vielleicht würde er damit immerhin die Fesseln aufschneiden können ... Conny versuchte, sie unbemerkt zu sich heranzuziehen. Aber da baute sich Stefan Reh vor ihm auf und warf das Feuerzeug zur Seite. In Conny regte sich ein winziges Stück Hoffnung, dass er zur Vernunft gekommen sein könnte. Doch als er sah, was Reh nun in den Händen hielt, wurde ihm heiß und kalt.

Noch mehr Benzin!

Reh grinste höhnisch, als er den Kanister vor und über ihnen entleerte. Das Benzin schwappte aus dem Behälter, verteilte sich über Conny und Jürgen Weber und breitete sich auf dem Boden aus. Stefan Rehs Augen funkelten.

Sie saßen nun in einer Benzinlache und eines der Rinnsale um sie herum bahnte sich seinen Weg zu Frida und Isabella.

Reh lachte laut und wahnsinnig, es schüttelte seinen ganzen Körper. Diesen winzigen Moment nutzte Conny und angelte nach der Scherbe. Schweiß stand ihm auf der Stirn, es war unerträglich heiß. Er sah, wie Fridas Vater erschöpft für einen kurzen Moment die Augen schloss.

Gerade wollte Conny anfangen, seine Fesseln aufzuschneiden, als Reh zu einer Rede ansetzte, bei der er seine Gefangenen nicht aus den Augen ließ.

„So meine Lieben, es scheint, als hätte sich zu guter Letzt die Gerechtigkeit durchgesetzt. Eins müsst ihr vor eurem Ende aber noch wissen: Besonders du, Isabella, du hast es verdient, zu sterben. Heute wird die Welt ein Stück gerechter. Ich weiß noch zu gut, wie du mir in der Stadt aufgefallen bist, als du diesen armen Mann beleidigt hast. Oh ja, du warst der Auslöser, hast den Stein ins Rollen gebracht mit deiner Schuld. Mit dieser Schuld, die ihr alle teilt!“

Isabellas Schrei war markerschütternd. „Sie sind doch krank! Sie werden damit nicht durchkommen!“

Stefan brach in Gelächter aus „Du siehst doch, wie ich damit durchkomme, du nutzloses Biest. Das hier ist die lang ersehnte Gerechtigkeit! Ich wusste, sie würde eines Tages kommen, und heute ist der Tag! Alle sollen es erfahren, sollen über ihre eigenen Taten nachdenken. Deinem Verhalten, euer aller Verhalten wird ein Ende gesetzt, euer Denken in Vorurteilen wird ausgelöscht. Ich, ja *ich* statuiere an euch ein Exempel und werde damit vielen anderen ein Vorbild sein! Die Welt wird durch meine Taten zu einer besseren werden …!"

Reh hob sein Feuerzeug auf, und mit Schrecken sah Conny, dass er es entzündete. Dann holte Reh ein Stück Papier aus seiner Hose.

Das konnte nur ein weiterer Teil des Gedichts sein! *Die letzte Strophe … Geschrieben, um ihr Ende zu besiegeln …* Er hatte richtig vermutet. Mit stolzer Stimme verlas Stefan Reh seine vierte Strophe:

„*Der Bücher heller Feuerschein*
soll falscher Richter Sühne sein
so lange hatt´ ich schon Geduld
mein Stein trifft nie die ohne Schuld."

Stefan Reh umrundete Isabella, Frida, dann ihren Vater und Conny. Die Flammen fraßen sich durch den Raum, kamen immer näher. Starker Rauch stieg auf, schwarzer Ruß schlug sich überall nieder, und das Atmen fiel ihnen immer schwerer.

Durch die flirrende Luft sah Conny nur noch die groben Umrisse von Stefan Reh. Er hatte ihnen den Rücken zugewandt und bewegte sich durch den Raum. Der ging doch tatsächlich in Richtung Tür! *Wollte sie wirklich hier dem Tod im Feuer überlassen!*

Jetzt waren sie verloren. Sie würden jeden Moment sterben, ersticken oder in den Flammen umkommen.

Stefan Reh drehte sich noch einmal um, bevor er den Raum verließ. Seine Augen funkelten vor Hass und Erregung. Die Flammen standen nun kurz vor den Benzinpfützen. Er blickte seine Opfer ein letztes Mal an, dann trat er rückwärts durch die Tür.

Conny machte sich mit letzter Kraft daran, seine Fesseln mit der Scherbe zu bearbeiten, da hörte er einen gewaltigen Schrei. Er sah auf.

Da! Im tanzenden Schein des Feuers erkannte er eine Bewegung hinter Reh.

Es war Peter Pollmann.

Dann ging alles ganz schnell. Durch die halboffene Tür konnte Conny sehen, wie Pollmann einen alten Backstein vom Boden aufnahm und damit ausholte. Dann gab es einen dumpfen Schlag. Stefan Reh brach zusammen und blieb reglos liegen.

Conny löste mühsam seine Fesseln und dann die von Jürgen Weber, der wiederum Isabella half. Er selbst befreite Frida, so vorsichtig wie möglich, um ihr nicht wehzutun. Sie hatte schon so viel durchgemacht. Ihr Fuß sah gar nicht gut aus. Sie war übersät von kleineren Wunden, beinahe ohnmächtig und gab nur ein paar unverständliche Laute von sich.

„Jetzt aber nichts wie raus hier!", rief Conny ihrem Vater zu. Die Flammen waren so nah bei ihnen, dass ihnen nur noch wenige Augenblicke blieben, bis das Benzin Feuer fangen würde. „Wartet", stieß Pollmann hervor. „Wir können Reh hier nicht einfach so liegen lassen, ich will ihn mir auf der Wache …" „Dafür ist es jetzt zu spät", schrie Weber, der den verletzten Polizisten von den in diesem Moment hochschießenden Flammen wegriss und zur Tür zerrte. Conny hob Frida auf seinen Arm und rannte zum Ausgang. Er war der Letzte, der die rettende Tür erreichte.

Da packte ihn etwas am Knöchel.

Der blutüberströmte Stefan Reh hielt ihn fest! Seine Augen blitzten vor Zorn.

„Ihr bleibt hier!"

Conny stolperte und fiel hart mit Frida zu Boden. Da raffte sich Stefan Reh noch einmal auf. Er kämpfte sich mit letzter Kraft bis zu Conny vor und entriss ihm Frida. Er zog sie zurück in den Raum voller Flammen. Conny fluchte verzweifelt. Warum war Reh nicht etwas später aufgewacht? Warum hatten sie nicht kontrolliert, ob er noch lebte? Doch die Fragen halfen jetzt nichts.

Er rappelte sich auf. Sein Knie schmerzte, doch er ignorierte es. Mit einem Satz war er bei den beiden. Conny riss Frida zu sich und stieß den entkräfteten Stefan Reh in Richtung der Flammen. Ohne sich umzudrehen, fing er Frida auf, die zusammenzubrechen drohte, legte sie sich über die Schulter und rannte so schnell er konnte aus dem Tunnel.

Erst als sie ins Freie gelangten, verstummten Stefan Rehs Schreie.

30. Kapitel / Epilog

Uniklinikum Münster / eine Woche später

Galerie „Tieß Art“ fälscht Heinrichs-Skulpturen
Keine Verbindung zum Entführungsfall

Münster – *Ein Betrugsskandal erschüttert die lokale Kunstszene in Münster: Die Galerie für Gegenwartskunst „Tieß Art“ soll in den letzten Monaten Werke des berühmten Bildhauers Kurt Heinrichs gefälscht und seit Ende September zum Verkauf angeboten haben.*

Die Galerie „Tieß Art“ kommt nicht zur Ruhe. Wie wir vor wenigen Tagen in unserem Lokalteil berichteten, wurde die Galeristin Isabella Tieß erst Ende letzter Woche unter spektakulären Umständen aus einem unterirdischen Tunnel am Botanischen Garten des Schlosses gerettet. Dort hatte der ehemalige ULB-Mitarbeiter Stefan R. die 31-jährige Münsteranerin gemeinsam mit der Schülerin Frida W. (18) aus noch ungeklärten Motiven mehrere Tage lang festgehalten. Nach einem selbst gelegten Feuer kam Stefan R. in den Flammen um. Die Frauen erlitten Rauchvergiftungen sowie schwere Verletzungen und befinden sich bis zum heutigen Zeitpunkt in ärztlicher Behandlung. Stefan R. soll zudem in den Tötungsfall Große-Everkamp verwickelt gewesen sein. Die Polizeiermittlungen dauern an.

Nun steht „Tieß Art“ selbst im Fokus der Ermittlungsbehörden. Die Galerie scheint nach Aussage der Polizei in einen Fälschungsskandal verstrickt zu sein. Angeblich sollen in der Galerie Kunstwerke des Bildhauers Kurt Heinrichs illegal nachgefertigt worden sein.

Heinrichs wurde im Münsterland durch die kreative Bearbeitung von Ibbenbürener Sandstein berühmt. Paul Heinrichs, Sohn des kürzlich verstorbenen Künstlers, kam dem Skandal selbst auf die Spur. Die Werke seines Vaters befinden sich größtenteils in Privatbesitz. Der Erbe fordert nun Schadensersatz von mehreren zehntausend Euro.

Ein bekannter münsterischer Künstler soll in den Fälscherskandal verwickelt sein. Die Entführung der Galeristin Isabella Tieß habe mit dem Fälscherskandal jedoch nichts zu tun, hieß es in einer Pressemitteilung der Polizei.

***

Frida faltete seufzend die Tageszeitung zusammen. Der Artikel ging zwischen anderen Lokalnachrichten und bunten Pressefotos fast unter. Dennoch war er da. Und mittendrin ein Hinweis auf ihren Künstler-Vater.

„Hat Jürgen sich selbst eingebrockt. Lässt der sich von dieser Tieß doch tatsächlich in krumme Machenschaften verwickeln", hatte ihre Mutter geklagt, als sie Frida gestern Abend bei ihrem Besuch die Zeitung auf das Krankenbett gelegt hatte. Außerdem wolle sie die Scheidung jetzt vorantreiben, hatte sie noch betont. Frida schüttelte den Kopf, um diese bedrückenden Gedanken zu vertreiben. Sie holte tief Luft, während ihr ein stechender Schmerz durch den Schädel schoss. Die Gehirnerschütterung hatte sie fast vergessen. Wenigstens brummte ihr Schädel seit heute nur noch in Intervallen und nicht durchgängig. Auch der Arzt, der in regelmäßigen Abständen mit zwei kichernden Medizinstudentinnen im Schlepptau in ihr Zimmer zur Visite kam, hatte heute Morgen zufrieden genickt. „Ich denke, zum Wochenende kann ich Sie entlassen." Das wurde auch mal Zeit! Frida hatte sich noch nie so indisponiert und handlungsunfähig gefühlt. Weitere Tage Aufenthalt im Zimmer 213 des Hotels „Uniklinikum" würden sie vor Langeweile schreckliche Dinge tun lassen. Mit Stricken beginnen zum Beispiel.

Ein Klopfen an der Tür. Einige Sekunden später trat Conny ein, zwei Kaffeebecher balancierend. „Koffein im Krankenhaus ist doppelt so teuer."

„Wie viel bekommst du?"

„Wir sind quitt. Sieh es als Rückzahlung für die Busfahrt von vor zwei Wochen an!" Er zwinkerte ihr zu. „Schreckliche Nacht! Nie wieder Ausnüchterungszelle."

Sie nahm ihm einen der heißen Pappbecher aus der Hand, und er setzte sich auf den Besucherstuhl neben ihrem Bett. Wie viel in zwei Wochen geschehen konnte, dachte Frida.

„Hast du meinen Schulkram dabei?"

Conny wühlte in seinem Rucksack und zog das Französischbuch, zwei Mathehefte und jede Menge loses Papier hervor. „Wie versprochen. Denn denk dran: Abenteuer in Tunneln und der Umgang mit Psychopathen sind völlig okay." Er setzte eine gespielt strenge Miene auf. „Aber nur solange du nicht die Schule vernachlässigst!"

Wider Willen musste Frida lächeln. Stirnrunzelnd blätterte sie die Unterlagen für den Debattierwettbewerb durch – den hatte sie ja völlig vergessen. Vokabeln waren auch ganz schön viele nachzuholen.

„Ich soll dich übrigens von Peter grüßen, der mir netterweise alles zusammengesucht hat." Conny schlürfte aus seinem Kaffeebecher. „Humpelnd mit Krücken und Beinverband wirkt er ja fast handzahm. So kennt man ihn gar nicht. Bin allerdings immer noch der Meinung, dass deine Mutter mit einem skandalösen Künstler insgesamt besser dran wäre als mit …"

„Als mit einem etwas cholerischen Ordnungshüter?" Frida blickte von ihren Schulheften auf und zuckte mit den Schultern. „Ich glaube, da ist nichts zu machen. Nur mit einer Traumhochzeit sollen sie sich bitte noch Zeit lassen. Dafür bin ich noch nicht stark genug."

Sie sahen sich an und mussten lachen.

Verfasserliste

SchülerInnen (Freiherr-vom-Stein-Gymnasium Münster)

Bastian Boch
Pia Brillen
Miriam Butt
Lena Clasen
Luisa Eichler
Johanna Engel
Maximilian Grams
Leonie Greguletz
Lara Große
Ailina Homann
Laura Klein
Anna Lipkina
Henri Pingel
Neele Saurbrey
Sandra Schlagheck
Sarah Schmidt
Katharina Schulze Everding
Angelina Semke
Valentina Tairovski
Anahita Vafsi Abdollahi
Nico Weverinck

Studierende (Germanistisches Institut der WWU Münster)

Kathrin Becker
Anna-Lena Böttcher
Marie-Sophie Borchelt
Bianca Buhr

Julia Drees
Laura Engelhardt
Marcel Fladrich
Anna Hüsch
Nina Kohlmeyer
Sebastian Krüger
Irene Miller
Marc Otte
Katharina Petermann
Eva Poensgen
Volker Schürmann
Max Westrup

Projektleitung

Dr. Michael Paaß
Dr. Ilonka Zimmer
(Leitung des Seminars)
Sarah Wassermann
(Leitung des Literaturkurses)

Gastautorin
Sandra Lüpkes
(Begleitung des Schreibprozesses)

Projektverantwortung
Prof. Dr. Marion Bönnighausen